Liebschaften und mehr

Christa Andersen

Inhaltsverzeichnis

© 2023 Christa Andersen
Herstellung und Verlag: BoD – Books on Demand,
Norderstedt
ISBN: 9783752691573

Eine flüchtige Urlaubsbekanntschaft

„Mildes Klima, von den Palmenalleen aus Blick auf die verschneiten Berggipfel“, mit diesen Worten pries das Reisebüro den kleinen Urlaubsort an der Küste. Die Ansichten wirkten überzeugend und somit fuhr sie mitten im Winter mit ihren zwei Kindern für zwei Wochen dorthin. Die Sonne schien warm und lud zum Strandbesuch ein. Die Salzluft blies ihnen sanft ins Gesicht, sie sonnten sich oder spielten im Sand. *„Wie herrlich! Nur drei Flugstunden von unserem verhangenen Februar-Schmuddelwetter entfernt genießen wir hier ein Traumwetter! Die beste Entscheidung, die ich treffe konnte!“,* gestand sich Amalie freudig.

Der Strand war leer, die Touristensaison längst vorbei. Keine Menschenseele weit und breit zu sehen. Einsamkeit, Ruhe, nur der sanfte Wellengang unaufhörlich rauschend, der wie eine Droge auf Amalies Gemüt wirkte. Auch Bernd und Thomas vermissten weder die Freunde noch das tägliche Schulpensum. *„Das Paradies könnte nicht perfekter sein!“,* sinnierte Amalie, *„die Beschreibung im Katalog war keinesfalls übertrieben!“*

Es sollte aber nicht lange dauern, bis eine männliche Figur aus dem Nichts in ihrer Nähe auftauchte, sehr zaghaft, unsicher. Vielleicht war er genauso erstaunt wie Amalie, hier im Winter Fremde anzutreffen, vielleicht war er es gewohnt, alltäglich seine Spaziergänge oder Leibesübungen im Freien zu verrichten und fand nun „seine“ Fläche von Unbekannten, obendrein offensichtlich Ausländern, eingenommen, ihm entrissen. Amalie zuckte zusammen. *„Mir steht dieses Fleckchen Erde auch zu. Immerhin ist Platz für Hunderte von Menschen“,* beruhigte sie sich. *„Ich nehme doch niemandem etwas weg!“* Kaum hatte sie diese Gedanken innerlich ausgesprochen, als der junge Mann ihr zu verstehen gab, er könne ihnen einen heißen Tee vorbeibringen. Mit so einem Angebot hatte sie nicht im geringsten gerechnet! Nein, so eine Höflichkeit, Zuvorkommenheit hätte sie sich nicht in ihren kühnsten Träumen vorstellen können. Was sollte sie antworten? Sie wollte einerseits nicht abweisend wirken, andrerseits auch nicht einladend. Vorsichtshalber bedankte sie sich abwehrend und der Einheimische verschwand.

Als die winterliche Sonnenkraft nachließ und gleichfalls die abendliche Feuchtigkeit aufzusteigen drohte, verließen sie den Strand und die Buben amüsierten sich damit, auf die im anliegenden Wäldchen stehenden Bäume zu klettern. Amalie ermahnte sie, vorsichtig zu sein. Durch das aufgeregte Geschrei der Kinder überhörte sie die leisen Schritte ihrer neuen Bekanntschaft. Ja, der Mann von eben tauchte unter den Bäumen hervor, lächelte zu den kraxelnden Affen hinüber und traute sich, sein Angebot eines Tees zu wiederholen. Als sich Amalie zu ihm zurückdrehte, bemerkte sie ein einfaches Häuschen, eher eine Kate, gut verdeckt und versteckt unter den Pinien. Jetzt verstand sie. Er spielte hier die Rolle eines Aufpassers; Ranger wäre ein zu hoch gegriffener Begriff für seine Tätigkeit gewesen. Sie lehnte nochmals ab.

Nach einer Weile kehrten sie ins nahe gelegene Hotel zurück. Die folgenden Tage waren nicht so warm, eher wechselhaft, wie im Endeffekt die ganze restliche Urlaubzeit. Es regnete ab und zu; sie beschäftigten sich anderweitig, um nicht der Langeweile anheim zu fallen. Zwei Tage später erwachten sie im Sonnenschein bei blauem Himmel. Der Entschluss eines Strandbesuchs stand fest. Sie suchten die bekannte Stelle auf, da sich diese unfern des Hotels befand. Kaum dort angelangt, begrüßte sie schon die ihnen nun vertraute Gestalt und hieß sie willkommen. Unaufgefordert stellte Kemal sich namentlich vor und spielte Fußball mit den Jungen. Dies kam Amalie gelegen. Die Kinder abgelenkt, konnte sie sich auf sich selber konzentrieren, ihr Buch zur Hand nehmen und sich im Bikini sonnen. Der Einheimische musste den Anblick von stark entblößten Frauen aus der

Sommerzeit gewohnt sein. Dennoch schien es ihr, seine auf ihren Körper gerichteten verstohlenen Blicke hin und wieder zu erhaschen. Er blieb ihr aber fern, unterbrach sein Spiel mit den Kindern nicht. Sein Taktgefühl imponierte ihr. Recht feinfühlig musste er sein, dass er bemerkte, wie unangenehm auf eine ausländische Frau das aufdringliche Hinterher-Schauen eines Fremden wirken konnte! So viel Rücksichtnahme wurde Amalie auf die Dauer unerträglich. Oft wandte sie sich um, als schaue sie nach ihren Sprösslingen, aber im Grunde um ihn zu beobachten. Machte er sich tatsächlich nichts aus ihr? Wirkte sie auf ihn nicht anziehend? Ihr Innerstes wollte ihn herbeirufen, ihn neben sich wissen.

Als sich die kühle Abendluft zu verbreiten begann, kleidete Amalie sich wieder an und die Familie begab sich in den Wald. Kemal, unentschlossen, kam und ging, bis er sich dazu durchrang, sie nochmals zum selbst gebrauten Tee einzuladen. Dieses Mal nahm sie an, denn sie wähnte sich umgarnt, bestätigt. Ihre Seele hatte Ruhe gefunden und der Tee wärmte sie innerlich. Nach einem zu ausgedehnten Bad im Meer war ihre Körpertemperatur sichtlich abgesunken. Leicht zitternd vor Kälte setzte sie sich an den einfachen metallenen Tisch, der mit einer Tischdecke geschmückt war. Ob sich die Platte in einem zu miserablen Zustand befand, dass man sie auf diese Weise verbergen musste? Oder besaß dieser alleinstehende und alleinlebende Mann einen gewissen Sinn für Häuslichkeit, Schönheit, ja, sogar Ästhetik? Schmutzig sah die Decke nicht aus. Die Farbe war klug gewählt: dunkelrot. Keine Flecken zu sehen. Reinlich schien der junge Mann auch zu sein. Bei jeder Begegnung hatte sie Wäsche zum Trocknen an der Leine gesehen.

Kemal schenkte sich keinen Tee ein: Er hatte Bier mitgebracht, das er direkt aus der Flasche trank. Dazu rauchte er, was Amalie anfangs nicht störte. Sie fühlte sich wohl hier unter den Bäumen, in der Natur mit diesem Menschen und seinen Freunden, die wie durch ein Deux ex machina hinzugestoßen waren. Amalie kramte ihre aus einem

Volkshochschulkurs stammenden Türkischkenntnisse zusammen, sodass eine holprige Unterhaltung zustande kam. Gelächter über die auftretenden Missverständnisse blieben selbstverständlich nicht aus.

Kemals Freund, Hasan, interessierte sich für eine bessere Verständigung mit den Ausländern, in erster Linie meinte er wahrscheinlich die Ausländerinnen, denen er im Sommer in Hülle und Fülle begegnete. Hasan kam auf das deutsche Wort „danke" zu sprechen, das im Französischen „merci" bedeutet, als englische Vokabel aber mit „Esel" verwechselt werden kann. Man lachte über diesen verwegenen Fehlschluss. Aber wie waren sie auf den Begriff „namus" gestoßen? Amalie verstand den Sinn nicht. Hasan erklärte: „Wenn du deinem Mann untreu bist, dann bist du „namussuz". Handelte es sich um eine direkte Anspielung? Wanderten durch die Köpfe dieser Männer ständig, vor allem des Nachts, die Gedanken ihrer womöglichen Untreue? Über die Bedeutung des Ausdrucks blieben wenig Zweifel. Aber nun mischte sich Kemal ins Gespräch und zeigte wieder seine hohe Sensibilität: „Wenn du versprichst, du kämst morgen, und du unterlässt es dennoch, dann bist du „namussuz". „Wieder einmal eine direkte Anspielung, aber auf einer ganz anderen Ebene", dachte Amalie. Dennoch fühlte sie seine brennenden Blicke auf ihre linke auf dem Tisch ausgestreckte Hand. Einmal hatte er ihr spontan die Hand gedrückt zur Gratulation für ihren Mut, im kalten Wasser zu schwimmen. Dabei hatte Amalie seine spröde, raue Haut gespürt. Wie zart und sanft musste er die ihrige empfunden haben! Letztendlich wunderte sie sich, welche Erwartungen Kemal in seinem Innersten an sie hegte: Geld oder eine Liebesnacht? Er würde weder das eine noch das andere von ihr erhalten!

Am Abend, als die Kinder bereits erschöpft von der reinen Meeresluft und dem Herumtoben in ihrem Zimmer schliefen, genoss Amalie die Ruhe, um zu lesen. In einem Kiosk hatte sie Émile Zolas „La Curée" gekauft. Sie liebte diesen Autor, der die menschlichen Leidenschaften auf die

Spitze getrieben darzustellen weiß. Und gerade dieses Werk entpuppte sich als ein reiner Liebesroman. Da Amalie für die Spekulationsgeschäfte Aristides wenig übrig hatte, übersprang sie mehrere Seiten und konzentrierte sich auf die Figur Renées. Das Leben dieser jungen Frau kreiste einzig und allein um zwei Beschäftigungen: Die des Geldausgebens und des Zeitvertreibs mit Liebhabern. Es waren die Beschreibungen ihrer Liebesnächte im Treibhaus, die unmittelbar Amalies Phantasie beschäftigen sollten. Ungewollt verglich sie ihren geschmeidigen Körper mit dem Renées. Er stand ihm in nichts nach. Würde sie selber mit Kemal nicht ähnliche Ekstasen erreichen wie Renée mit ihrem Geliebten Maxime? In ihrer Vorstellung war es nicht mehr Renée, die sich wälzte. Dann erschauderte sie über sich selbst. Wie konnten ihr, einer gut situierten treuen Ehefrau, solche Gedanken innewohnen? Und worin bestand überhaupt Kemals Anziehungskraft? Ein mittelgroßer, schlanker, dunkelhaariger, nicht sonderlich gut aussehender, unauffälliger Mediterraner. Von Bildung ganz zu schweigen! Und sie selber hatte ihm viel mehr zu bieten: Blondine mit blauen Augen, die Idealvorstellung einer Schönheit für einen Südländer. Von wegen Ausgeglichenheit! Beruhte sein Appeal nur auf der entspannten Urlaubsstimmung? Keine beruhigende Deutung!

Sie gingen wieder an den Strand, zwar nicht gleich am darauffolgenden sonnigen Tag, sondern einen später. Als erstes fragte Kemal verwundert, warum sie denn nicht schon am vorherigen Tag erschienen sei. Er hatte sie also erwartet, fest mit ihr gerechnet und sie in seinen Tagesrhythmus eingeplant. Er dachte an sie. Träumte er wohl auch von ihr? Was malte er sich denn etwa alles aus? Sie fühlte sich geschmeichelt, erschrak aber ein wenig. Sie wusste nicht so recht, ob sie Angst vor ihm oder vor sich selber empfand.

Auch an diesem Nachmittag gesellte er sich zu ihr, um kurz darauf von ihrer Seite zu weichen. Er offenbarte einen instabilen, unsteten Charakter, dessen Ursache sich bald herausstellen sollte. Beim Kartenspielen trank er wieder Bier und sie fragte ihn, weshalb er ständig Alkohol zu sich nehme. Er gab zu verstehen, dass er seit seinem siebten Lebensjahr trinke und rauche. Er habe damals beide Eltern bei einem Autounfall verloren. Seitdem habe er Armut, Kälte, Hunger und Durst erlebt. Er habe sich manchmal tagelang ohne einen Bissen herumtreiben müssen. Obwohl er viel durchgemacht hätte, habe er im Leben immer noch nichts erreicht. Er benötige den Alkohol zum Vergessen, als Überlebensstrategie. *„Nein, nein, nein!"*, gab Amalie entrüstet zur Antwort. *„Der Alkohol hilft nie und nimmer! Er stellt eine blöde Ausrede dar, nichts weiter!"* Sie war hart zu ihm, konnte ihre Wut nicht unterdrücken. *„Typische Argumentationsweise feiger Männer"*, dachte sie für sich. *„Machen sich nur vor, benachteiligt zu sein und alles mühevoll ausprobiert zu haben."* Als das Spiel dann zu Ende war, schüttete er ihr sein Herz aus. Er habe soeben fast weinen müssen, denn sie wäre der erste Mensch gewesen, der ihn nach dem Grund seines Trinkverhaltens gefragt habe. Und sie erwiderte: *„Das Trinken bringt nichts. Du musst die Kraft aus dir selber schöpfen und die Hoffnung in dir tragen, dein Schicksal möge sich verändern."* Sie fand sich selber lächerlich. Was könnte sie mit ihren Worten schon erreichen, welche Hilfe ihm darbieten? Aus ihrem Munde waren Allgemeinplätze gesprudelt, die auch jedes Schulkind ähnlich hätte äußern können.

Die Dunkelheit brach unausweichlich an, sie mussten gehen. Am nächsten Tag, auf dem Kinderspielplatz, begegnete sie Kemal. Man sah ihm sofort an, wie sein Gesicht bei diesem zufälligen Treffen vor Glück aufleuchtete. Sie war überrascht, als er obendrein erzählte, sein Freund hätte sie am Morgen vor einer Boutique gesehen. Wurde sie eventuell verfolgt oder bespitzelt? Wussten sie inzwischen bereits, in welchem Hotel sie nächtigte? Dies herauszufinden war bestimmt nicht schwierig, denn nur die wenigsten waren zu dieser Jahreszeit in Betrieb. Sie begann, sich unwohl zu fühlen, eingeengt, kontrolliert. Sie beschloss, nicht mehr die gleiche Stelle am Strand aufzusuchen. Die Lage wurde ihr allmählich zu brenzlig. Sie gingen am folgenden Tag ein paar hundert Meter weiter. Aber wer übte an diesem Tag sein Jogging? Natürlich Kemal, der mit einem Handzeichen grüßte und sich sofort wieder entfernte. Länger als eine halbe Stunde hielt er sein Abseitsbleiben nicht aus und war wieder zur Stelle – mit einer Liederkassette für Amalie als Souvenir in der Hand. Diese Treue bewegte ihr Herz. Wie einsam er sich doch fühlen musste! Daraufhin gingen sie zusammen mit den Kindern Pilze sammeln. Im Wäldchen hielten sich an diesem Sonntag einige Liebespaare auf, die Kemal mit neidischen Blicken verfolgte. Plötzlich verließ er sie. Konnte er den Anblick der Pärchen nicht ertragen? An diesem Nachmittag sah er sehr elend aus. Hatte er zu viel getrunken?

Am Montag bekam sie hierfür die Interpretation: Seit ihrem Gespräch über seinen Alkoholkonsum trank er nicht mehr. Er litt offensichtlich unter Entzugserscheinungen. Amalie war vollkommen verdutzt. Sollten ihre fast oberflächlichen Bemerkungen tatsächlich solch eine tiefe Wirkung erzielt haben? Die einzige Erklärung bestand darin, dass sich – wie er es selber betonte – niemand in seinem Umfeld die Mühe gemacht hatte, sich mit seinem Problem auseinanderzusetzen. Er bekundete ihr seinen tiefen Dank für ihre unerwartete Hilfe. Er konnte diesen kaum zu Ende aussprechen und auch nicht weiter ausführen, denn ständig hopsten die Kinder zwischen ihnen herum und die kürzlich erschienenen Freunde horchten auch gerne. Amalies Freude war immens, obwohl sie kaum fassen konnte, dass das Gesagte wahr wäre. Vor allem stellte sie sich die Frage, ob und wie lange er auf seine Droge würde verzichten können.

Ab nun traf sie ihn überall, auf der Straße, auf dem Spielplatz, vor ihrem Hotel. Es hatte keinen Sinn mehr, die Adresse zu verheimlichen oder Verstecken zu spielen. Es verging kein Tag, bei welchem Wetter auch immer, an dem er ihr nicht über den Weg lief. Da inzwischen die letzte Urlaubswoche angebrochen war, nahm sie diese Zufälle nicht so ernst. Am Strand, wo sie weiterhin im Bikini lag, näherte er sich ihr immer noch nicht. Dabei empfand sie das Bedürfnis, ihren Körper zur Schau zu stellen. Hatte er ihre wohlgeformte Silhouette in ihrer ganzen Pracht wahrgenommen? Sie rief ihn wegen einer Bagatelle zu sich. Er blieb nicht lange neben ihr stehen. War er durch den provokanten Anblick verstört? Zwei Tage vor ihrem Abflug traf er sie wieder im Park, überreichte ihr einen Brief und bat sie, ihn erst zu lesen, wenn er weg sei. Und schon lief er davon, in Angst vor seiner eigenen Courage. Sie las die Zeilen. Es war kein offenkundiger Liebesbrief, keine Liebeserklärung, aber dennoch: Er erklärte ihr, er fühle sich wie neugeboren durch ihre Worte, sie habe ihn aus dem Dreck herausgezogen. Er würde nun ein neues Leben führen, aber er brauche ab jetzt ihre Hilfe und von ihr hinge seine Abstinenz ab. Sie müsse ihm unbedingt schreiben. Er klammerte sich an sie fest, ja, ein echter Trinker, ein Ertrinkender, der einen Rettungsring ergriffen hatte und nicht mehr aus der Hand geben wollte.

Am nächsten Vormittag regnete es. Amalie verspürte die Gewissheit, dass Kemal sie aufsuchen würde, dass er es nicht den ganzen Tag aushalten könnte, ohne sie zu sehen. Es klopfte tatsächlich an der Tür. Da stand er und man sah ihm hier deutlich an, dass er einer anderen sozialen Schicht angehörte, nicht in diese, Amalies Welt hineinpasste. Ihr Hotel wusste er, weil er sie beobachtet, ihr vielleicht sogar gefolgt war. Aber er kannte ihren Nachnamen nicht. Er hatte sich dennoch zu helfen gewusst und den Mut aufgebracht, an der Rezeption nach der Dame mit den zwei Burschen zu fragen. Normalerweise hätte man ihn zurückgewiesen, aber in der Nachsaison ging man etwas lässiger um. In welchen Ruf würde Amalie nun geraten? Der Hotelangestellte begleitete unwillig den jungen Mann, wohlgemerkt in seiner besten Sonntagskleidung!, und erforschte unerbittlich mit lästigen Fragen die Beziehung zwischen beiden. Vor der Suite angelangt, musste Kemal noch die letzte Feuerprobe bestehen: Anklopfen und vor den Augen des Rezeptionisten mit einer eventuellen Niederlage, mit einer Abweisung seitens Amalie rechnen. Seine Kontrahentin, seelisch bereits auf dieses unaufgeforderte Wiedersehen vorbereitet, lächelte ihm verständnisvoll zu, erahnte die Qualen, die der arme Kemal in diesem luxuriösen Gebäude, in das er nicht als Gast eines Bewohners hineingehörte, gewiss erlitten hatte und sagte, Kemal hereinlassend, nonchalant zum Angestellten: *„Bringen Sie mir doch bitte später die Tageszeitung vorbei!"* *„Jawohl, Madame"*, erwiderte der perplexe Mann, der sich erst einmal von seiner Verwunderung erholen musste.

Kemal war sichtlich nervös. Wie lange hatte er wohl mit sich selber gerungen, um den Entschluss zu fassen und in die Tat umzusetzen, sich in ihre Hochburg zu wagen? Siegfried hatte es beim Durchschreiten des Feuers zur Eroberung Brunhildes bestimmt viel einfacher gehabt! Aber was verstünde Kemal von diesem Vergleich, er, der Siegfrieds Namen noch nie zu Gehör bekommen hatte!

Kemal trat ein, zog sich nach Landessitte sofort die Schuhe aus, erhielt aber von Amalie keine Hausschuhe, was die Landestradition ebenfalls gefordert hätte. Dann ging er, ohne auf eine Aufforderung zu warten, auf einen Stuhl zu und setzte sich. Er wollte vortäuschen, er sei solch eine Umgebung gewohnt und nicht im geringsten eingeschüchtert oder verunsichert. *„Ich bringe hier eine Postkarte, die ich dem französischen Bekannten gerne schicken möchte. Sie hatten sich angeboten, den Inhalt zu übersetzen. Deswegen bin ich gekommen"*, platzte es aus Kemal heraus. Also dies hatte er sich als Vorwand ausgedacht! Ja, es stimmte, dass sie es sogar vorgeschlagen hatte. Aber das war noch kein ausreichender Grund, um sie in ihrem Hotelzimmer unangemeldet zu überfallen. Dennoch übertrug sie den Text, überreichte ihm das Papier und er sprach seine nochmalige Bitte aus, der wahre Grund für sein Erscheinen: *„Bitte schreiben Sie mir! Dann werden Sie sehen, welche Fortschritte ich mache!"* *„Nein, ich werde nicht schreiben"*, antwortete Amalie hart. *„Ich bin ein Faulpelz im Briefeschreiben. Sogar meine Eltern beklagen sich darüber. Sie müssen jetzt alleine weitermachen."* Sie nahm seine Enttäuschung wahr. Es war ihr klar, dass er wieder trinken würde, dass sie ihm den Halt wieder genommen hatte. Er bat nicht um ihre Adresse. Mit seinem überstürzten Besuch, immerhin am helllichten Tage, war er eh schon zu weit gegangen. Als er verschwand, nahm er nichts als die Erinnerung an sie mit.

Am letzten Urlaubstag, vor der Fahrt zum Flughafen, begab sie sich noch in ein Büro, in dem sie freundlicherweise öfters das Telefon hatte benutzen dürfen. Dort hinterließ sie dem Besitzer aus Höflichkeit eine Dankeskarte mit ihrer Adresse. Als sie dabei war, sie niederzuschreiben, fiel ihr ein, dass sie sie für die falsche Person aufschrieb. War es nicht eine Ironie des Schicksals, dass sie schrieb, wonach sich ein Anderer sehnte? Der letzte Akt des Beckettschen Theaterstücks.

Zerrüttung einer Ehe oder das Bekenntnis einer Spießerin

„Ich kann ihn nicht ausstehen!", fauchte Melanie. *„Mir ist klar, dass du das jetzt nicht auf Anhieb verstehen kannst. Ja, du wirst erwidern, dass ich ja jahrelang, um ganz genau zu sein, bereits acht Jahre, ohne aufzumucken mit ihm gelebt habe, was sage ich da, 8 x 12 Monate bin ich mit ihm verheiratet gewesen! Aber nun sehe ich klar. Ich wundere mich, wie ich ihn diese ewig lange Zeit habe aushalten, seine Lebensweise habe teilen können. Ich muss gestehen, ich habe mitgemacht, mitgestaltet sogar. Stand ich unter seinem Sog? Hab' ich mich seinem Willen nicht entziehen können? Ja, ich weiß, du hast ihn eh nie leiden können, du hast mich öfters, nicht mal taktvoll, darauf hingewiesen, dass er nicht der geeignete Partner für mich sei. Du hast also recht behalten; aber wieso ich so lange gebraucht habe, um zu dieser Erkenntnis zu gelangen? Es reicht wohl manchmal nicht aus, dass dir die beste Freundin reinen Wein einschenkt. Es muss ein unbeteiligter Dritter dazu herhalten.*

Es war Benjamin, der mir – ohne jegliche Absicht – dazu verhalf. Er ahnt gar nicht, was er angerichtet hat. Ich habe Benjamin auf einer Tagung kennen gelernt. Er war mir auf Anhieb sympathisch und ich habe meinerseits sicher anziehend auf ihn gewirkt. Du kannst dir vorstellen, wie so etwas beginnt: Plaudern, gemeinsam essen gehen, dann mal tanzen, na ja und dann ist es bald um einen geschehen. Ich werde dich nicht auf die Folter spannen, ja, dann haben wir miteinander geschlafen.

Ich entdeckte eine neue Welt. Wäre mir diese verschlossen geblieben, so hätte ich das Wichtigste in meinem ganzen Dasein versäumt; das offenbarte sich mir. Was nun geschieht, ist egal! Hauptsache ich habe diese Stunden, diese

Tage, im Ganzen zwei Wochen, erlebt, durchlebt, einfach gelebt! Ich habe in mir eine Gefühlswelt ausfindig gemacht, die brachlag. Lukas war viel zu stumpfsinnig gewesen, sie in mir wachzurütteln. Verkommen wäre dieses Innerste in mir selbst! Jetzt denke ich manchmal an all die Frauen, die nicht die Gelegenheit haben, einem Benjamin zu begegnen, was diese alles verpassen, nicht äußerlich, sondern an Erfahrung in ihnen selber.

Ich bin Benjamin dafür dankbar, obwohl ich es ihm nicht gesagt habe. Nein, ich glaube kaum, dass sich noch eine Unterredung mit ihm einstellen wird. Denn mit ihm ist es auch aus. Von Anfang an wusste ich es. Er hatte keine ernsten Absichten. Weißt du, er gehört zu den eingefleischten Singles, d. h. ich nehme es an. So genau habe ich ihn nun auch nicht durchschauen können. Es steht mit ihm ein wenig bizarr: Er lebt immer noch bei seiner Mutter. Da kann man nicht erwarten, dass ein 40-Jähriger von heute auf morgen, weil er eine hübsche Melanie, noch nicht einmal geschieden!, kennenlernt, sein bequemes, herkömmliches Leben mir nichts dir nichts über den Haufen wirft. Schau her, ich kann ihn ja auch verstehen. Er hat mir nie Hoffnungen gemacht. Er war ehrlich, zu ehrlich, sodass ich mir nicht einmal Illusionen machen kann. Andere Frauen können vielleicht vom Zusammenbleiben mit ihrem Geliebten träumen. Sogar das hat er mir durch seine Nüchternheit genommen.

Und doch hat er mich so bereichert! Er war so zärtlich. Wenn ich ihm gegenüberstand, zitterte ich am ganzen Körper, ehe er mich überhaupt berührt hatte. Unsere Küsse waren ein im Chaos endendes Crescendo. Ich vergaß alles um mich herum, alles wurde mir gleichgültig; war ich noch Mensch oder nur Tier? War ich Akademikerin oder Arbeiterin? Ich war Frau, nichts anderes. Ich fühlte mich in meiner Weiblichkeit bestätigt. Ach ja, und nun sag mir mal, wo soll ich wieder einen Mann finden, der nochmals und erneut dieses simple Gefühl in mir erweckt? Mehr verlange ich nicht, und doch scheint es mir ein unmögliches Unterfangen.

16

Lukas widert mich an. Ich kann ihn nicht mehr leiden, nicht mehr anschauen, nicht mehr ertragen. Und verstehst du warum? Ich kann es ihm nicht verzeihen, mir diese Erfahrungswelt vorenthalten zu haben. Ungerecht bin ich zweifelsohne, denn er hat es ja nicht aus Bosheit unterlassen, sondern aus Unfähigkeit. Deswegen steht er nun da wie ein begossener Pudel und sieht mich verständnislos fragend an. Ich kann ihm aber nicht helfen. Wenn er bis dato nicht dazu imstande gewesen ist, dann wird er diese Fertigkeit doch kaum auf einem Kurs erlernen. Ich solle ihm noch eine Chance geben, meint er. Aber nein, von mir bekommt er sie nicht!

Ich werde jetzt meine Unabhängigkeit etablieren. Ich werde ich selbst und bestimmt finde ich dann einen Benjamin; der wird mir nicht versagt bleiben. So wie mit Lukas möchte ich nicht mehr leben. Der kam immer abends müde nach Hause, hockte sich vor den Fernseher, schaute sich die langweiligsten Programme an, kurz gesagt, er entsprach genau einem waschechten Biedermann. Jetzt erst erkenne ich sein wahres mickriges Wesen. Leute einladen bedeutete für ihn eine enorme Überwindung. Alle sechs Monate war vollkommen ausreichend. Dass ich vielleicht verkümmern konnte wie ein verdorrtes Blümlein, das kam ihm nicht in den Sinn. Und dann die Ferien: Jedes Jahr zum Camping nach Italien, auf denselben Platz! Ich fand es zwar immer wieder toll, aber im Nachhinein ekle ich mich vor mir selber. Wo die Welt doch so weitläufig und vielfältig ist! Er meinte, der Kinder wegen sei es das angebrachteste. Wir hätten nie richtig ins Ausland ziehen können! Bedenke all die Krankheiten, die Entbehrungen! pflegte er zu argumentieren. Bereicherungen, warf ich ein, die gäbe es auch! Glaubte er einfach nicht, auch nicht für die Kinder. Denn sie könnten keine bleibenden Freundschaften knüpfen. Ach so, und du meinst nun, von meinen eigenen Bindungen aus der Kindheit und aus der sesshaften Schulzeit seist du als einzige übrig geblieben? Darüber habe ich noch gar nicht nachgedacht. Lass mal überlegen. Ja, also bei mir war es wohl ein unglücklicher

Zufall, denn alle unsere Klassenkameraden sind über die ganze Bundesrepublik verstreut. Zumindest nehme ich es an. Auf jeden Fall möchte ich jetzt alles ganz anders machen; ich werde ausgehen, ins Kino, ins Theater. Vorausgesetzt das Geld reicht. Selbstverständlich werde ich mich in Zukunft einschränken müssen. In den letzten Jahren konnten wir uns mit Lukas nicht viel leisten, denn du kannst dir ja vorstellen, dass wir uns aufs Häusle-Abzahlen konzentriert haben. Und jetzt, da werde ich wohl kaum besser dastehen; ob ich mir ein Auto zulegen kann? Aber die Möbel, mit denen wir zusammen gelebt haben, nein, die ertrage ich nicht mehr! Nein, gebrauchte Möbelstücke werde ich mir nie und nimmer anschaffen! Dann kaufe ich sie lieber auf Raten, aber dass mal hier eine Schublade klemmt und dort eine Schramme vorhanden ist, das kann ich nicht hinnehmen! Es muss dann schon etwas Anständiges sein, das nach etwas ausschaut! Ich muss mich ja sehen lassen können vor den Leuten. Ich werde sicherlich Einladungen zu Abendessen und Kaffeekränzchen geben! Wen ich dazu einladen werde? Na ja, lass mal überlegen. Im Grunde genommen haben wir ja keinen großen Bekanntenkreis, die Nachbarn halt. Ich werde mir dann eben einen neuen aufbauen, mit frischer Energie an meine Kollegen rangehen. Du meinst, Ehepaare gesellen sich im Allgemeinen nicht so gerne zu einer alleinstehenden Frau? Aber die Eltern der Freunde meiner Kinder werden bestimmt zu mir halten. Du bist anderer Meinung?"

Antwort an die Spießerin, vier Jahre später

„Schau dich an! Aller Glanz ist aus deinen Augen gewichen. Wo ist dein fröhliches, laut schallendes Lachen geblieben? Das alles fällt dir gar nicht auf; Tatsache ist: Deine Illusionen sind dahin. Heimlich filmen müsste ich dich, damit du dich endlich betrachten könntest, wie du in Wirklichkeit bist, geworden bist.

Du merkst nämlich nicht, wie unangenehm es für deine

Partnerin ist, wenn du im Kino oder im Restaurant den Hals reckst, ihn drehst und wendest, auf der Suche. Wonach eigentlich? Gedenkst du ein bekanntes männliches Gesicht zu erspähen? Wohl kaum in dieser unpersönlichen Großstadt. In dir schwelt ein unbeschreiblicher, leider unaufhaltsamer Drang einem „Jemanden" zu begegnen; du liegst ständig auf der Lauer, jederzeit, einer Tigerin gleich, bereit für den Sprung auf *ihn*. Aber er tritt nicht in Erscheinung, hält sich versteckt und du, immer verzweifelter, grämst dich in deiner Einsamkeit, obwohl du der Auffassung bist, der Außenwelt eine perfekte Performance darzubieten. Du glaubst, dich so genial verstellen zu können, dass keiner einen Einblick in dein wahres Innere erhält.

Leid tust du mir, du Möchtegern-Sphinx. Deine Qualen haben sich in deine Gesichtszüge eingefurcht. Was hast du erreicht in all diesen Jahren der Unabhängigkeit einer geschiedenen Frau? Die Freiheit, wozu hast du sie einsetzen können? Ja, mit zwei Kindern am Halse, in einer Drei-Zimmer-Wohnung, mit ein paar Tausend Euro im Monat, was kann man da schon Großartiges auf die Beine stellen? Und deine Selbstverwirklichung? Auch die nur ein Hirngespinst? Jawohl, denn nun hast du eingesehen, dass wir so Tolles gar nicht vollbringen können im Leben, ob allein oder in Begleitung. Die von mir gepredigte Bescheidenheit hast du schon zur Genüge in diesen trostlosen Jahren ertragen müssen. Immer kleinlauter bist du im Laufe der Zeit geworden. Denn ein Kochkurs hier, ein Sprachkurs in England dort, ein Theaterbesuch, auf den teuersten Plätzen wohlgemerkt, sind kein ausreichender Beweis für dein neu erlangtes Selbstbewusstsein, geschweige denn für deine Selbstfindung.

Sei ehrlich zu dir, stell eine faire Rechnung auf, von dem, was du gewonnen und was du verloren hast. Vielleicht hast du Pech gehabt, vielleicht stellt sich dein blauer Prinz noch ein. Was für Ansprüche wirst du heute stellen? Wirst du sie runterschrauben oder aus Trotz gar etwa erhöhen? Im Grunde genommen wärst du bereit, den ersten besten zu nehmen, aber dein Stolz, deine noch verbleibende Selbstachtung hindern dich daran. Außerdem bist du ja offiziell nicht auf der Suche, oh nein, Gott bewahre! „Ja keine Kuppelei!", schreist du auf, wenn man dich zu einer Gruppe hinzu einlädt, zu der extra auch ein Single zählt. Zum Fasching oder in eine Disco gehst du selbstverständlich nicht. So etwas gehört sich doch nicht! Das wäre ja aufdringlich. Nach außen gibst du zu verstehen: „Ich brauche niemanden", aber dein Herz schallt und klopft laut das Gegenteil in die Welt hinaus. Und die Männer hören diese verzweifelte Zerrissenheit und fliehen vor diesem Geschöpf, das sich sehnlichst an ihnen vergreifen würde.

Ich bin es leid, in einem Café vor mich hinzureden, denn du bist unfähig, dich auf meine Worte zu konzentrieren; dein Blick schweift unentwegt über die Tische hinweg, ständig auf der Suche. Die Natürlichkeit ist aus deinen Handlungen gewichen, sie sind nur noch eine Verstrickung von ausgedachten Künstlichkeiten. Leere springt aus deinen Augen. Wer wird es da schon wagen, diesen ausgekühlten Ofen wieder einzuheizen? Dieses Wagnis setzt eine zu große Willenskraft voraus.

Unterdessen willst du deinen Lukas immer noch in deiner Gewalt halten. Auch dies merkst du nicht. Zur Kommunion eurer Tochter soll er ruhig Geschenke anhäufen, sich großzügig an den Unkosten beteiligen; gnädigst erlaubst du ihm auch persönlich in Erscheinung zu treten, aber solo! Seiner neuesten Freundin, die er preist, ehelichen zu wollen, gewährst du keinen Eintritt innerhalb deiner Gemäuer. An der privaten Feier darf sie nicht teilnehmen. Und wenn er bereits mit ihr verheiratet wäre, könntest du es ihm dann verwehren? Welchen Unterschied macht es heute, ob Paare verheiratet sind oder nur vereinigt? Deine anderen Bekannten hätten Verständnis für dein Verbot aufgebracht, sagst du. Entweder sind sie verlogen oder genauso konservativ und Vertreter der Doppelmoral wie du selbst. Es geht dir doch nur um eins: Macht über ihn. Hast du ihn nun durch eure Scheidung *freigegeben oder nicht? Willst nur du frei sein, ihn aber immer noch an der Leine festzurren? Einerseits posaunst du, du könntest nie wieder mit ihm zusammenleben, andrerseits wünschst du ihn dir unter deiner Fuchtel. Nach außen hin ist dein Leben comme il faut. Du verteilst – zwar selber eine arme Kirchenmaus – reichlich Trinkgelder. Du vergisst die Geburtstage der Patenkinder nicht und schickst ihnen auch zu Weihnachten reichlich Pakete. Immer nur vom Besten, der Schein soll ruhig trügen. Du kaufst ihnen auch nichts im Vorbeigehen, nein, du investierst deine freien Samstage für eine akribische Suche nach dem Passenden. Sie sollen spüren, dass du dich in sie hineinversetzt, ihre Seelen durchforscht hast. Eine Musterpatentante! Aber wozu das Ganze? Reicht dir dein eigener Einsatz als Bestätigung deiner selbst? Es handelt sich um einen weiteren Stein in deinem Daseinspuzzle. Genauso wie wenn du alle Kinder, deine und meine zum Eis einlädst, obwohl niemand es von dir erwartet oder verlangt hat, obwohl ich sogar energisch abgewehrt habe. Solch eine Handlungsweise gehört bei dir zum guten Ton. Wenn man schon im Auto mitgenommen wird, muss man sich halt auf eine entsprechende Weise dafür erkenntlich zeigen. Das ist deine Auffassungsweise. Du ziehst es vor, mir solle es peinlich sein, als es könne eventuell dir peinlich werden.*

Geld soll einerseits keine Rolle spielen, aber unablässig sprichst du davon. „Die Möbel, die ich für das Kinderzimmer bestellt habe, haben etliche tausend Euro gekostet, denn Minderwertiges hält ja nicht." Oder: "Die Flugreise nach Spanien, die habe ich in einem Vier-Sterne-Hotel gebucht; im Urlaub muss man sich ja schließlich wohlfühlen können.", sprudelt es immer wieder aus dir heraus. Wen geht es etwas an, ob du in einer Hütte hockst oder in einer teuren Suite? Oder erhoffst du dir die lang ersehnte Begegnung mit einem Galan? Aber wieder nichts, denn in der Hochsaison waren nur ganze Familien mit Eltern und Kindern unterwegs, sodass du abends nicht wusstest, wohin mit dir selber.

Oder damals, als deine Tochter nicht nur ihre Klassenkameraden, sondern ebenfalls die Kinder aus den Parallelklassen mit Kuchen beglücken wollte; da bist du auf die Bitte deines verzogenen Mädchens eingegangen und hast fünf Kuchen gebacken. Wieso hattest du plötzlich Zeit und Geld dafür? Jedes Mal, wenn ich zu dir kam, erhielt ich nur Kekse aus der Schachtel zur Tasse Kaffee. Aber all die Kameraden deines Sprösslings sollten erfahren, wie großzügig ihr veranlagt seid. Pfennigfuchserei liegt dir fern. Obendrein hast du dann all die Mädchen aus der Klasse als Geburtstagsfeier ins Kino eingeladen. „Die versteht zu leben!", sollen sie denken. Dass du am folgenden Samstag – angeblich wegen starker Migräne, aber in Wahrheit wegen Ebbe in der Kasse - nicht wie verabredet zum Skilaufen mitgefahren bist, das haben sie ja nicht erfahren.

Und erinnerst du dich an jenen Abend, an dem wir uns zum Konzertbesuch verabredet hatten? Karten hatten wir keine erhalten, aber ich schlug vor, wir sollten versuchen, vor Vorstellungsbeginn von Privatleuten welche zu erwerben. Immer wieder würde ja jemand aus Krankheitsgrund oder sonstigen Ursachen ausfallen, und der Kompagnon sich darüber freuen, das Geld für die Karte erstattet zu bekommen. Welch Entsetzen in deiner Stimme! Es sei entwürdigend, sich wie ein Raubtier auf die eventuellen Kartenverkäufer zu stürzen! Obendrein würden wir ja womöglich getrennt sitzen, vielleicht sogar auf mittelmäßigen Plätzen! Was wäre, wenn wir nur eine Karte ergattern könnten? Ich meinte, man müsse in solch einem Falle zuversichtlich sein, einfach das Risiko eingehen. Für dich aber muss alles in den vorgezeichneten Rillen laufen; wenn man links oder rechts von ihnen abweicht, bist du verloren. Du findest dann nicht mehr weiter, findest dich nicht mehr zurecht.

Und nun frage ich dich in meiner gewohnten offenen und direkten Art, obwohl ich weiß, es wird dich schmerzen: Was hat sich tatsächlich geändert in deinem Leben? Was machst du heute nicht unbedingt besser, aber anders als damals, als du noch mit Lukas verheiratet warst? Seinen Konformismus, den du gelernt hattest zu verabscheuen, hast du ihn nicht selber übernommen? Schau in dich und vergleiche dein jetziges Leben mit dem einstigen. Fällt dir nichts auf? Die Eintönigkeit, der geregelte und maßgeschneiderte Alltag, sind sie nicht geblieben? Warum also dieser leidvolle Einschnitt in deinem Leben, diese Scheidung, wenn du dich doch nicht von ihm weg- und weiterentwickelt hast? Nein, es wird nie dazu kommen, verblende dich nicht durch trügerische Hoffnungen, Lügen! Sieh dir in die Augen und bekenne: Du ähneltest schon früher Lukas, deswegen hast du acht Jahre glücklich mit ihm zusammen sein können. Diese letzten vier Jahre zeigen nur eins auf: Du warst schon immer und bist es auch heute noch, eine Spießerin!

Nichts ist ewig

Drei Ingenieure hocken am Boden, damit beschäftigt, die einzelnen Teile des Küchenunterschrankes von Ikea zusammenzuschrauben. Garantiert hätten sie eine Doktorarbeit in ihren jeweiligen Fachgebieten schneller zustande gebracht als den Aufbau dieses ein Meter breiten Gestells! Trotz eingehender wiederholter Lektüre der entsprechenden Anleitung geht die Arbeit nicht so recht voran. Marianne versorgt sie zwischendurch mit Kaffee und Kuchen und stellt besorgt fest, dass die Neuanschaffung nach zwei Stunden immer noch nicht an Ort und Stelle steht. Dennoch scheint die Stimmung – außer einiger hin und wieder geäußerter Schimpfwörter in Bezug auf das Einrichtungshaus! – gelassen zu sein. Nach einer weiteren Stunde steht das Meisterwerk stolz an seinem anvisierten Platz und die drei erschöpften – ja, auch etwas genervten - Herren setzen sich zu den anderen aufs Sofa bzw. auf die frei stehenden Sessel.

Nicolas ist mit seiner Familie über das verlängerte Wochenende bei Marianne und Gerhardt zu Besuch. Sie kennen sich schon sehr lange, haben die anfänglichen romantischen Ehejahre des befreundeten Paares miterlebt, mitverfolgt. Wie hatte sich doch Silvia über ihre erste Schwangerschaft gefreut! Sie hatte befürchtet, die Unfruchtbarkeit ihrer Tante geerbt zu haben, genauso wie ihre Kusine. Der Frauenarzt verschrieb ihr Fiebermessen, denn beim Eisprung steigt die Körpertemperatur. Das bedeutet für das Ehepaar: Bereit sein! Wie soll man aber auf Knopfdruck reagieren! Das Thermometer wurde gleichbedeutend mit Tortur, mit der Abtötung jeglicher sexuellen Regung. Gemeinsam mit ihrem Ehemann hielt sie die Anweisung nicht lange durch und wechselte zu einem anderen Gynäkologen. Dieser handelte. Er verschrieb ihr erst einmal ein Hormonpräparat zur Regulierung der Menstruation, danach sollten weitere Maßnahmen folgen. Aber siehe da, sechs Monate später war das Unerwartete, aber Erhoffte eingetreten: Sie war schwanger und rasend vor Glück. Nach Richard folgte dann zwei Jahre später problemlos Patricia.

Nicolas und Gerhardt sind Kollegen, sodass sich die Familien regelmäßig treffen. Marianne neckte gerne Nicolas wegen seiner Liebe zu Süßem. Als sie eines Abends zum Nachtisch eine selbstgemachte Mousse au Chocolat präsentierte, konnte er sich nicht zügeln: Nachdem alle die zweite Runde in ihren Schälchen verzehrt hatten, griff er ohne Beachtung der Anstandsregeln zur Schüssel und löffelte sie aus. Zum Schluss bediente er sich seines Zeigefingers. Hemmungslos! Er fühlte sich eh wie zuhause.

Das Wochenende geht zur Neige. Patricia, die Zehnjährige, wiederholt stets ihre Litanei: *„Ich langweile mich, Mama, ich langweile mich!"* Gleichaltrige Spielkameradinnen kann Marianne ihr nicht bieten und zur Selbstbeschäftigung ist Patricia nicht erzogen. Noch ein leichtes Abendessen und die Gäste werden aufbrechen, die 200 km bis zu ihrem neuen Wohnort zurücklegen. Plötzlich kippt die Stimmung. Ohne erkennbaren Anlass. Auf Nicolas' Frage, ob die Koffer gepackt seien, antwortet Silvia gereizt: *„Na klar! Du hast sie ja parat im Zimmer stehen gesehen. Stell dich nicht so dämlich an und transportier sie endlich ins Auto!"* Marianne und Gerhardt schauen sich verständnislos an. Was ist denn da vorgefallen? Haben sie etwas verpasst? Nicolas' Entgegnung lässt nicht lange auf sich warten: *„Hör gefälligst auf mit dem Kommandieren, ja? Das hättest du wohl gerne, dass ich auf dein Fingerschnipsen sofort aufspringe! Denkste!"* Marianne traut ihren Ohren nicht! Patricia und Richard hingegen stochern wie zwei Unbeteiligte auf ihren Tellern herum, scheinen nichts mitzubekommen. *„Wie immer hast du ein großes Maul, aber an Taten folgt nichts."* Die Tiraden gehen weiter, der eine übertrifft den anderen, lässt kein gutes Haar am Partner. Marianne geht langsam ein Licht auf. Das Ehepaar hat sich das gesamte Wochenende über zusammengerissen, hat

Harmonie vorgegaukelt, jetzt aber, kurz vor der Abfahrt, vor der Rückkehr in die Routine, kann es seine Rolle nicht mehr weiterspielen. Beide sehen sich bereits in ihrem Alltag, in ihrem Käfig, in ihrem Gefängnis, aus dem es kein Entrinnen, keine Ablenkung, abgesehen von der Arbeit gibt. Der Hass, der Ekel vor dem anderen tritt unkontrolliert zum Vorschein und sie besitzen keine Kraft mehr, um weiterhin ein geeintes Ehepaar vorzutäuschen. Marianne wird nun klar, warum die Kinder seelenruhig bleiben: Sie kennen diese Szenen zur Genüge, sind ihnen aufs Neue machtlos ausgesetzt. Die Erwachsenenwelt für sie fern, unverständlich, nicht nachvollziehbar. Sie haben alle vier eine dreitägige Auszeit genossen; der Paradieszustand ist nun beendet. Marianne kann sich gut das nachfolgende Gezeter im Wagen vorstellen. Ein Glück, dass die Kinder ihre Musik direkt per Kopfhörer in die Ohren bekommen werden, dass sie so Abstand halten können von den Problemen ihrer Eltern.

Ein Jahr später erreicht Marianne die Nachricht des Scheidungswillens ihrer Freunde. Man könnte denken, dass sie nun voneinander getrennte Wohnstätten beziehen werden. Aber nein! Sie bleiben im gleichen Haus, denn ein Verkauf würde einen großen finanziellen Verlust darstellen. Nicolas ist nicht gewillt, diesen zu akzeptieren. Er entpuppt sich als Pfennigfuchser. Wenn man am Haustelefon anruft, hebt mal der eine, mal der andere ab: *„Ach ja, Silvia hat gerade eine Freundin zu Besuch und wir sitzen beisammen am Kaffeetisch"*, lässt beispielsweise Nicolas verlauten. Gemeinsam am Kaffeetisch? Sind sie wieder im Reinen miteinander? Nicht im Geringsten! Ein anderes Mal feiern sie mit Freunden eine Grillparty im Garten. Allem Anschein nach kommen sie in diesem Zwitterzustand zwischen Ehe und Scheidung besser miteinander zurecht als zuvor. Aber immer wieder taucht Nicolas mit einer neuen Freundin auf. Und Silvia darf diese neuen Gestalten miterleben, im gleichen Hause, im Zimmer gleich neben dem ihrigen! Ohne eigenes Einkommen, ohne gültige Abmachung muss sie die Eskapaden ihres Noch-Ehemannes tolerieren. Sie sucht sich einen Job. Aufgrund fehlender Ausbildung bleibt ihr nur ein Sektor offen: Die Pflegetätigkeit. Diese sagt ihr zu, durch die Anerkennung, die ihr zuteil wird. Ihre liebenswürdige Art findet Anklang bei den Heimbewohnern. Man verlangt nach ihr, sodass sich ihr Selbstvertrauen etwas steigert. Das Gebrauchtwerden tut ihr gut; gleichzeitig hat sie einen Fluchtweg von Zuhause gefunden, vor dem Anblick ihres immer rücksichtsloser auftretenden Gatten. Auch er gewinnt an Selbstbewusstsein. Die jungen Frauen, die er immerfort zu sich nimmt, bewundern ihn oder vielleicht nur das große Anwesen, das er noch mit einer anderen teilt. Eines Tages wird eine von ihnen dort herrschen, so denkt bestimmt jede unter ihnen.

Nicolas und Silvia hatten in einem asiatischen Land geheiratet, in dem Nicolas für die Firma einige Jahre tätig gewesen war. Nun kommt er auf eine Idee: Um seiner vermeintlichen Ehefrau keine Unterhaltszahlungen leisten und um ihr auch keinen Anteil am Hausverkauf abzweigen zu müssen, versucht er, gerichtlich eine Ungültigkeitserklärung ihrer im fernen Ausland geschlossenen Ehe durchzusetzen. Er schaltet einen Rechtsanwalt ein, woraufhin auch Silvia einen für sich in Anspruch nimmt. Die Affäre schaukelt sich hoch, sodass sie prominent werden: Ihr Zwist steht in der lokalen Zeitung. Weder Nicolas noch sein Advokat haben einen wichtigen Punkt bedacht: Wenn er die Annullierung der Ehe durchsetzt, entfielen zwar möglicherweise seine Verpflichtungen an Silvia, aber nun meldet jemand anderes seine Ansprüche an, die eventuell gewaltiger ausfallen als jene Silvias: Der Staat! Denn Nicolas hat übersehen, dass er 25 Jahre lang die Steuerklasse eines Verheirateten genossen hat. Jetzt fordert das Finanzamt die Differenz zum schlechter gestellten Ledigenstatus wieder ein. Obendrein, wenn seine Ehe tatsächlich nicht rechtskräftig gewesen ist, dann könnte er vom Fiskus für zweieinhalb Dekaden währenden Betrugs verklagt werden! Nicolas hat sich selber in eine verzwickte Zwangslage begeben.

„Wie kann man sich denn so ekelhaft benehmen!", meint Marianne zu Gerhardt. *„Für mich ist Nicolas ab nun ein No-Go! Erstens wegen der Entwürdigung Silvias – seine Kinder wären nun auch noch Bastarde, na ja, was heutzutage keine Rolle mehr spielt, aber dennoch – und dann aufgrund seiner Weigerung, ihr eine monatliche Zahlung anzuerkennen. Ein Mensch bar jeglichen ethischen Empfindens! So kann man sich in einem Wesen täuschen! Ich hätte nie angenommen, er wäre solcher Tricksereien fähig. Das Schlimmste an der Sache ist: Die einzigen, die einen Gewinn aus diesem Schlamassel gezogen haben, das sind die Rechtsanwälte. Auf beiden Seiten kassiert! Hauptsache der Rubel rollt! Wenn stattdessen Silvia dieses Geld erhalten hätte, so hätte sie bestimmt eine beträchtliche Zeit lang ein gutes Auskommen gehabt."*

Was bleibt nun Nicolas anderes übrig als seine Forderung zurückzunehmen und doch in Unterhaltszahlungen einzuwilligen! Silvia kann sich endlich eine Wohnung mieten, unabhängig leben. Welches Leid ihre Kinder durch den langen Kampf der Eltern und die Schmutzkampagne erlitten, das ist kaum ermessbar, aber real vorhanden.

Allüren einer Jungfrau

Der junge Mann holte sie im Cabrio ab. *„Wow! Nicht schlecht!"*, dachte sich die 18-jährige Bettina. Sie fuhren zur Eisdiele, schlenderten eine Weile auf der Promenade entlang, um die Zeit bis zum Kinobeginn mit leichter Konversation zu verbringen. Ihr Italienisch machte sich gar nicht schlecht, stellte sie fest. Die Unterhaltung rollte dahin. Während der Filmvorführung musste sie Roberto immer wieder ermahnen, seine Hände gefälligst auf seinem eigenen Schoß zu behalten. Er ging ihr eindeutig zu schnell voran. Sie kannten sich erst ein paar Tage, gingen zum zweiten Male zusammen aus. Er gefiel ihr, aber er flößte ihr auch ein wenig Angst ein. Was wollte er eigentlich von ihr? Ein Dreißigjähriger mit einer jungen Heranwachsenden! Vor den Italienern war Bettina eh auf der Hut! Sie genossen nicht den besten Ruf in Bezug auf Frauen. Dieses Exemplar war bestimmt keine Ausnahme!

Bettina verbrachte zwei Sommermonate als Au-pair bei einer Familie in Italien, um einerseits ihre Sprachkenntnisse aufzubessern und gleichzeitig ein Taschengeld für die anstehende Reise nach Venedig zu verdienen. Die Lagunenstadt war ihr lang gehegter Traum, nun endlich greifbar näher gerückt!

Ein paar Tage nach dem Kinobesuch klingelte es bei Familie Tintoretto. Kein anderer als Roberto stand zu Bettinas Freude vor der Tür. Sie unterhielten sich im Vorgarten, bis Frau Tintoretto Bettina darauf hinwies, sie habe ja doch an diesem Abend keinen Ausgang: Sie müsse die Kinder hüten, während das Elternpaar zu einer Einladung unterwegs sein würde. *„Ich gehe gleich hinein"*, erwiderte Bettina, *„ich wünsche Ihnen einen angenehmen Abend."* *„Nein"*, erschallte prompt die Antwort, *„ich möchte, dass du dich jetzt vom jungen Mann verabschiedest und dich ins Haus begibst!"* Die Botschaft war klar: Frau Tintorettos Vertrauen in Bettina waren Grenzen gesetzt. Sie fürchtete offenkundig, die Konversation des Paares vor ihrer Haustür könne sich in die Länge ziehen, d. h. die Kinder vernachlässigt werden. Also nichts wie hinein! Jedes Mal, wenn Bettina frei hatte, traf sie sich von nun an mit ihrem Verehrer. Frau Tintoretto versuchte, sie vor Roberto zu warnen. Er genieße kein gutes Ansehen. Er würde stets jungen Frauen, in erster Linie Ausländerinnen, auf der Lauer liegen. Er sei auf ein schnelles Vergnügen aus, verfolge keine ernst zu nehmenden Absichten mit seinen meist leichten Eroberungen. Die unerfahrene Bettina schenkte den gut gemeinten Ratschlägen kein Gehör. Bei ihr träfen die bösen Verheißungen bestimmt nicht zu. Da war sie sich sicher. Sie genoss das Zusammensein mit Roberto, der stets mit lustigen Anekdoten aufwartete, ihr schöne Ecken in der Umgebung zeigte und obendrein die von ihr gesetzten Richtlinien respektierte. Frau Tintoretto irrte sich offensichtlich. Immer dieses Getratsche! Von wegen!

Die Wochen vergingen wie im Fluge, Bettina musste sich um die Zugfahrt nach Venedig kümmern. Da bot sich Roberto an, sie im Auto mitzunehmen. Bettina machte einen Freudensprung! Und kein Wort davon zu Frau Tintoretto! Welches Gezeter hätte sie von sich gegeben! Also, so tun als würde Roberto sie in reiner Kavaliersmanier zum Bahnhof bringen. Und weg fuhren sie in diese Art Flitterwochen. Denn als solche malte sie sich Roberto aus, in der Überzeugung, Bettina würde ihm nun wie eine reife Frucht in die Hände bzw. ins Bett fallen.

In der Stadt der Romantik, nach einem Spaziergang über die zahlreichen Brücken und einem reichlich mit Rotwein begossenen Abendessen, quartierte er beide in ein Zimmer mit einem Ehebett ein. Vor dessen Anblick flüchtete Bettina schnurstracks ins Bad. Nein, sie würde nicht öffnen. Nein, sie würde in der Badewanne schlafen. Bis er ihr schwor, er würde sie verschonen. Er hatte begriffen! Es handelte sich tatsächlich um ein jungfräuliches Wesen. Er hatte es geahnt, aber nicht glauben wollen. Er, der erfahrene Macho, war in die Falle gegangen. Denn er fühlte sich vollkommen hingerissen, hätte nie gedacht, dass ihm so etwas passieren könnte. War er in der Tat verliebt? Endlich öffnete sie die Tür. Er nahm sie in die Arme, küsste sie voller Inbrunst, schwang sie aufs Bett, ohne von ihren Lippen zu lassen. Er versuchte sie zu entkleiden, wo befand sich aber der Reißverschluss dieses Kleides? Auf der Rückseite suchte er vergebens, bis Bettina selber ihn auf die richtige Spur brachte: Bei diesem hübschen Sommerkleid, dessen Erbschaft sie vor nicht langer Zeit von einer reicheren Freundin angetreten hatte, war die Öffnungsmöglichkeit seitlich angelegt. Bettina ließ Roberto gewähren. Auch der BH fiel zu Boden, nicht aber so das Höschen. Daran klammerte sie sich. Roberto respektierte ihre Weigerung. Es wurde dennoch eine turbulente Nacht. Das Küssen nahm kein Ende, an Schlaf war kaum zu denken.

Am nächsten Morgen rief ihr Roberto ein Taxi und verabschiedete sich mit den Worten: *„Sei bella come un fiore. Du bist schön wie eine Blume. Eine weitere Nacht könnte ich mich nicht zurückhalten. Es ist besser, wir trennen uns. Hier meine postalische Adresse, damit wir in Verbindung bleiben.“* Bettina konnte den Tränenfluss nicht bändigen. Laut schluchzend stieg sie ins Auto, das sie in eine Jugendherberge brachte. Als sie sich erholt, sich wieder im Griff hatte, schlenderte sie - noch ein wenig benommen - durch die Gassen. Die Schönheiten, die sie am Abend zuvor noch in helle Begeisterung versetzt hatten, waren nun verblasst. Sie konnte ihnen nicht viel abgewinnen. Die Welt hatte sich in nur zwölf Stunden vollkommen verändert. Fühlte sich so Liebe an? Noch nie hatte sie solch eine Nacht verlebt. Sie wähnte sich immer noch in seinen Armen, Körper an Körper, fest umschlungen. Für die komplette Hingabe, dafür war sie noch nicht reif gewesen.

„Hallo!“, hörte sie eine freundliche männliche Stimme hinter sich sagen. *„Wie gefällt dir so unsere Stadt? Hast du schon viel gesehen?“* Sie drehte sich um. Da stand ein gut

aussehender junger Italiener, der sie angrinste. Sie kamen ins Gespräch, er führte sie zu verschiedenen versteckten Sehenswürdigkeiten und dann kam das Angebot. Sie willigte ein. Sie hatte Roberto standhalten können, also würde sie jemandem, der ihr nichts bedeutete, noch effektiveren Widerstand leisten können.

Sie holten ihre Habseligkeiten von der unfreundlichen Jugendherberge ab und trugen sie gemeinsam zu Antonios Wohnung. Dort lernte sie seinen Gefährten Guiseppe kennen. Sie könne gratis bei ihnen wohnen, hatte Antonio ihr angeboten. Bei den Preisen in Venedig kam ihr die Einladung sehr gelegen. Die Eintrittstickets der Museen nagten an ihrem Budget. Und sie wollte sich keins entgehen lassen!

Erst am Abend wurde ihr die Strategie Antonios klar. *„Wie naiv ich doch bin! Die Männer haben doch alle nur eins im Sinn! Aber nicht mit mir!"*, merkte Bettina an und setzte sich erfolgreich zur Wehr. Die eine Nacht wäre geschafft! In der zweiten versuchte nun Guiseppe bei der unbezwingbaren Brünnhilde sein Glück. Ein Bäumchen wechsle dich Spiel! Bettina konnte ihren Augen nicht glauben, als nun der zweite sich zu ihr gesellte. Nein, so einfach hatten sie sich's gedacht! Die dritte Kampfesnacht also, obwohl sie die erste mit Roberto nicht als eine solche bezeichnen wollte. Bei diesen beiden spielten ja keinerlei Gefühle eine Rolle. Langsam sah sie ein, sie hätte die Einladung von Fremden nicht einfach annehmen sollen. Sie konnte von Glück reden, dass diese Jünglinge zu unerfahren waren, um sie zu vergewaltigen.

Auch dieser Aufenthalt endete mit einem Rausschmiss. Am nächsten Morgen: *„Bitte pack deine Sachen. Wir bekommen Besuch und haben keinen Platz mehr für dich."* Knallhart vor die Tür gesetzt. Ohne auch nur mit der Wimper zu zucken. Ohne zu vertuschen, dass sie einzig und allein auf das Eine aus gewesen waren. Kleinlaut machte sich Bettina aus dem Staub und suchte sich eine einfache Pension für die restlichen Tage. Dieses Italien war wirklich abenteuerlich, aber auch sehr lehrreich. In den zwei Monaten hatte sie einen Intensivkurs im Erwachsenwerden bestanden und mehr über die Männerseele gelernt als in den vielen Lektüren sowie durch die vorherigen Kontakte zu männlichen Wesen.

In Florenz angelangt, ließ Bettina sich auf keine weiteren Flirts ein. Sie hatte genug auf einen Schlag erfahren. Hier sollte sie aber noch eine weitere unangenehme Begegnung haben. Unterwegs zu einem ihrer geliebten Museen, hielt neben ihr ein Auto an, kurbelte das elektrische Fenster hinunter und sprach sie an, als brauche er eine Auskunft. Als sie sich – wieder einmal ohne viel nachzudenken - zum Fenster hinneigte, was sah sie da? Der Mann saß dort mit geöffneter Hose und steifem Penis. Die Einladung oder gar Herausforderung war klar. Angeekelt wandte sie sich ab. Diese Erfahrung stellte nun die Krönung ihrer Erlebnisse in Italien dar, was nicht bedeuten sollte, dass sie deswegen alle italienischen Männer verachtete oder verabscheute. An Roberto schrieb sie monatelang zärtliche Briefe, die mit ähnlicher Inbrunst beantwortet wurden, bis durch die Entfernung die Heftigkeit der Gefühle langsam aber stetig nachließ, bis sie endgültig versiegte.

Bruchlandung

Sie war äußerst hübsch. Die hübscheste der fünf Schwestern und deren jüngste. Als Nesthäkchen wurde sie verwöhnt. Ihren Willen setzte sie ohne große Hindernisse durch. Bei den Eltern, bei den Schwestern, auch in der Schule und später an der Universität konnte niemand ihrem hinreißenden Lächeln widerstehen. Sie eroberte sich alle Herzen. Aber sie litt. Das Gezanke der Eltern wegen der unwichtigsten Kleinigkeiten, das Gezeter und Gerangel um Nichtigkeiten war ihr zuwider. Sie schloss sich ein in einem Turm, aber keinem aus Elfenbein, nein, in einem aus soliden Ziegelsteinen, verbunden mit starken Eisenstangen. Zuhause angekommen, verkroch sie sich in ihrem Zimmer, kommunizierte kaum noch mit ihren Angehörigen, verbarg ihren Missmut nicht. Ihre Rebellion gegen ihre querulierenden Erzeuger beschränkte sich nicht nur auf diese Bekundungen der Missachtung. Sie verließ die Kontakte aus der eigenen Gesellschaftsschicht, die ehemaligen Klassenkameraden, die weitläufige Verwandtschaft, um sich mit fragwürdigen Gestalten zu treffen. Die Eltern erfuhren nichts davon. Sie verschwand aus ihrem Blickfeld. Auch Nächte lang kehrte sie nicht heim. Da sie inzwischen volljährig war, konnten die Eltern sie nur bitten, zumindest ihr Fernbleiben anzukündigen. Nein, sie lasse sich nicht ausspionieren. Die Eltern tolerierten ihre Eskapaden aus Furcht, sie möge sonst komplett abdriften, den Kontakt total blockieren. Eine weise Entscheidung.

Langsam fiel den Eltern die Veränderung am Leibesumfang ihrer Tochter auf. Lagen sie mit ihrer Vermutung richtig oder hatte sie tatsächlich nur etwas zugenommen? Aha, und dann noch das überstürzte Rennen ins Badezimmer und sich Übergeben! Sie hätte am Abend zu viel Alkohol getrunken und fühle sich nicht wohl, lautete ihre

Erklärung. Die Prozedur wiederholte sich mehrere Male. Alle Zweifel der Eltern verschwunden. Sie solle doch einen Arzt aufsuchen. Sonja blieb stur. Erst als sie schon im sechsten Monat schwanger war, willigte sie ein. Ihre Taktik, um die Möglichkeit eines Abbruchs zu verhindern. Dazu hätten die Eltern mit Sicherheit geraten. Sie war aber entschlossen, das Kind auszutragen, groß zu ziehen. Die Eltern sahen sich machtlos an. Aber wo war der Vater? Sie solle ihn vorstellen! Einer Heirat würden sie sich nicht widersetzen. Da war Sonja anderer Meinung. Nein, sie wolle gar nicht heiraten. Das brauche sie nicht. Aber lieben täte sie den Vater schon.

Es wurde ein Treffen in die Wege geleitet. Claus erschien in verschlissenen Jeans, einem dreckigen Hemd, einer abgetragenen Lederjacke und Latschen an den Füßen. Seine Haare ungewaschen, sein Gesicht unrasiert, Augenränder unter geschwollenen Lidern. Eine abschreckende Gestalt. Er küsste Sonja ausgiebig und ungeniert vor ihrem Vater; kaum hatte er zu sprechen begonnen, traf seine Alkoholfahne die Zuhörer voll ins Gesicht; aber auch so war sein eindeutig der Unterschicht zuzuschreibender Dialekt in den Ohren eines Akademikers unerträglich. Am liebsten wäre Sonjas Vater davongerannt; dieser Mann sollte seine Tochter auf keinen Fall zum Altar führen! Das stand nun endgültig fest. Wenn sie unbedingt dessen Kind austragen wollte, dagegen war zu diesem späten Zeitpunkt nichts mehr auszurichten. Sonjas Verhalten, der heftigste Schlag, die größte Enttäuschung im Leben ihres Vaters. Solch eine Erniedrigung hätte er Sonja nicht zugetraut. Mit einem derartigen Kerl zusammen zu kommen! Nein, nicht im Entferntesten hätte er sich dies vorstellen können! Durch den ständigen Ehezwist hatte er die Augen nicht offen gehalten. Das wichtigste, die Erziehung seiner Tochter, vernachlässigt.

Und Claus, wie stand er zu einer Ehe mit Sonja? Unmöglich, denn er war bereits verheiratet! Nächste Ohrfeige ins Gesicht des bereits gebeutelten Vaters der werdenden Mutter. Diese wusste Bescheid, war im Bilde über die Andere.

Claus hatte Sonja stets versichert, er pflege schon seit langem keine Beziehung mehr zu ihr, liebe sie nicht mehr. Sonja war im vollen Bewusstsein ihres sündigen Vorgehens in Claus' Ehebett gestiegen, denn durch die Ehefrau hatte sie ihn überhaupt kennen gelernt. Sonja hatte ihn an sich reißen, der rechtmäßigen Ehefrau entreißen wollen. Nun erfuhr auch sie eine erschreckende Neuigkeit: Die Andere war auch schwanger, auch im sechsten Monat, also keineswegs Abwendung von der Ehefrau!

Heirat gestrichen, dafür eine Geburt. Sonja änderte ihre Haltung ihren Eltern gegenüber nicht. Sie strafte sie weiterhin mit Nichtachtung für ihre Streitereien. Helfen ließ sie sich dennoch, denn ohne die Gaben und das Babysitten der Großeltern wäre sie nicht über die Runden gekommen. Das Kindchen wuchs heran, ohne dass der Vater sich jemals gezeigt hätte. Sonja beendete ihr Studium und es fehlte ihr nicht an Verehrern. Wenn diese zuhause erschienen, um sie zu einer Verabredung abzuholen, spielte sich stets die gleiche Szene ab: Sie stellte ihren Sohn vor sich hin, zeigte ihn ganz offen, als wolle sie sagen: *„Wenn du mich nimmst, dann bedenke, dass er mitkommt!"* Die meisten Männer konnten dieses Hindernis nicht überwinden. Nach kurzer Zeit verschwanden sie auf Nimmerwiedersehen. Bis eines Tages doch der richtige erschien! Der das Kind nicht nur aufnahm, sondern ihm auch noch seinen Nachnamen verlieh. Es gibt doch noch bewundernswerte Menschen mit einem großen Herzen!

Liebestod?

Er war auf Arbeitssuche. Aber auf Frau Schmidts Bauernhof waren alle Stellen besetzt. Er verließ sie sichtlich enttäuscht. Die Bäuerin schaute ihm nachdenklich hinterher: *„Was für ein gutaussehender junger Mann er doch ist! Wenn man ihm ein gebügeltes weißes Hemd, eine gut geschnittene Hose und einen schicken Sakko anzöge, obendrein noch einen modischen Haarschnitt verpasste, dann hätte er durchschlagenden Erfolg bei den Mädchen!"*
Ein Jahr später benötigte Frau Schmidt tatsächlich Hilfe in ihrem Betrieb. Sie erinnerte sich an Ali, der überglücklich ihr Angebot annahm, denn seine derzeitige Arbeit erfüllte ihn nicht. Er war sehr umgänglich, erledigte die Aufträge schnell und präzise, stets mit einem Lächeln im Gesicht. Beide Seiten äußerst zufrieden. Aber dann begann er an seine Zukunft zu denken. Mit Hauptschulabschluss, ohne jegliche Lehre, was stand ihm da noch offen? Frau Schmidt gab ihm recht und befragte ihn: *„Was gefällt dir denn? Welchen Weg willst du einschlagen?"* Das Kochen sagte ihm zu. *„Warum nicht? Keine schlechte Wahl! Ich erkundige mich, wo du diesen Beruf richtig erlernen kannst."*
Und tatsächlich fand sie nicht weit von ihrem Gehöft entfernt eine Akademie, in der er dreimal die Woche für drei Stunden die gewünschte Unterweisung erhalten konnte. Voraussetzung war das Vorweisen seines Hauptschulabschlusses plus Ausweis usw. Frau Schmidt war bereit, ihren Angestellten für die Kurszeit freizustellen. Alis Reaktion war unbeschreiblich! Es fehlte nur noch, dass er vor Freude Luftsprünge machte.
Ali fuhr nachhause, um die gute Nachricht zu verkünden und die benötigten Unterlagen abzuholen. Groß sollte seine Enttäuschung sein! Es wurden alle Schubladen durchsucht, aber das Zeugnis war unauffindbar. Da fiel der

Mutter ein, dass sie einige Jahre zuvor ein verschmutztes und an den Ecken zerrissenes Blatt in der Hand gehabt und es aufgrund des schlechten Zustandes einfach in den Papierkorb geworfen hatte! Ali konnte ihren Worten nicht glauben! *„Das hast du getan, Mama? Das kann doch nicht wahr sein! Ja, klar, du bist eine Analphabetin, aber dennoch! Du hättest fragen sollen! Du weißt doch, dass ein Zertifikat von Bedeutung ist!"* *„Entschuldige. Es war sehr unbedacht von mir"*, antwortete sie kleinlaut. Es war nichts zu machen. Alis Traum erst mal ausgeträumt.

Frau Schmidt tat es um Ali leid, aber sie wusste, dass diese Enttäuschung ein Nachspiel haben würde. Nach zehn Monaten verabschiedete sich Ali. Er hatte gut gespart, sodass er nun eine kleine Imbissbude aufmachen konnte. Was blieb Frau Schmidt anderes übrig, als ihm viel Glück zu wünschen? Sporadisch erfuhr sie von seinem Erfolg. Bei seinem Charisma blieben die Kunden nicht weg. Er verbesserte sich ständig, wechselte nach einiger Zeit aus einem Wagen in eine feste Behausung mit kleinem Gärtchen für die zusätzlich sonnenhungrigen Gäste.

Dann kam die Nachricht, er läge in der Klinik. Er hätte Depressionen. Das konnte Frau Schmidt bei diesem fröhlichen Menschen partout nicht verstehen. Was konnte ihm wohl passiert sein? Der Freund hatte ihn verlassen! Also Liebeskummer! *„Von wegen erfolgreich bei den Mädchen! So habe ich mich geirrt! Und welch ein großer Verlust für die Frauenwelt!"*, sagte sich Frau Schmidt.

Einige Wochen später die nächste traurige Neuigkeit: Ali war verstorben! *„Ja, aber an Depressionen stirbt man nicht!"*, bemerkte Frau Schmidt. Der wahre Grund: Aids! *„Der ist doch heutzutage behandelbar!"*, erwiderte Frau Schmidt verzweifelt. Aus Scham sowohl für seine Krankheit wie für seine sexuellen Neigungen hatte Ali zu spät einen Arzt aufgesucht! Er hatte lieber gelitten, als sich offen zu seinem von der Gesellschaft als Laster geächteten Sexualleben zu bekennen. *„Auf solch eine dumme Weise kann man sich* *zugrunde richten!"*, dachte Frau Schmidt. „*Es kümmert keinen Menschen mehr, ob jemand homo-, trans- oder bisexuell ist. Es ist unsagbar schade um diesen netten Jüngling. Er war mir wirklich ans Herz gewachsen! Und nun gibt es ihn nicht mehr!"*

Trennungen
Ingeborg

Als Arzt hatte er es leicht. Während seiner Assistenzarzttätigkeit im Krankenhaus umschwärmten ihn die jungen Krankenschwestern. Jede erhoffte sich, ihn für sich zu gewinnen, ihn von seiner Angetrauten zu entfremden, sich in seine große Liebe zu verwandeln. Er hingegen war nur auf Vergnügen, Abwechslung aus. Die Eskapaden bedeuteten ihm nicht viel. Ingeborg ihrerseits litt. Sie konnte nur erahnen, was in den langen Dienstnächten vor sich ging. Es blieb ihr dennoch nicht verborgen. *„Ich sehe es ihm wieder an. Diese dunklen Schatten unter seinen Augen. Sein verklemmtes Verhalten mir gegenüber. Immer das gleiche! Plagende Gewissensbisse, aber dennoch ein Wiederholungstäter. Sein Ego braucht es. Aus welchem Grunde auch immer!"*, sinnierte Ingeborg vor sich hin.

Nach der Erlangung des Facharztgrads eröffnete Eberhard seine Praxis. Das gleiche Spielchen setzte sich fort, nun mit seinen Assistentinnen. Sie, voller Bewunderung für ihren Arbeitgeber, den Mann in Weiß, obwohl diese Farbe sie selber auch zierte. Es war der Titel, der ihnen imponierte. Er, einem Halbgott gleich, im Vergleich zu ihnen, den ihm zu Diensten stehenden unkeuschen Vestalinnen. *„Hier, in der Praxis, ist er mir ausgeliefert"*, sagte sich Ingeborg, die zweimal in der Woche zur Erledigung der umfangreichen Buchhaltung antrat. *„Jetzt muss er sich zügeln."* Aber dem war nicht so. Sie stellte fest, dass das weibliche Personal - nur ein solches gab es! - ihr nicht den gebührenden Respekt zollte. *„Kein Wunder! Stella, dieses hübsche, junge Ding mit den langen, blonden Haaren und den weichen, blauen Augen, nimmt an, sie habe ihn erobert, sie könne ihn mir entreißen. Solch ein Dummchen! Hat noch nicht kapiert, dass sie sein Spielzeug, sein angenehmer Zeitvertreib ist. Sie erlebt schon noch den Tag der Tränen!"*

So vergingen die Jahre. Die Söhne wuchsen heran, bis sie eines Tages das elterliche Haus verließen, selbständig wurden. Und Ingeborg? Sollte sie immerfort Toleranz vortäuschen, ihre wahren Gefühle tarnen, ihren Schmerz unaufhörlich hinunterschlucken? Der Zeitpunkt war gekommen, an dem sie einen Schlussstrich ziehen konnte. Das Fass war endgültig voll! Lange genug hatte sie zugesehen, wie Eberhard Stella umgarnte. Sie reichte die Scheidung ein. Wollte nichts mehr von ihrem Gatten wissen. Wollte nichts mehr von ihm erhalten! Verzichtete auf Unterhaltszahlungen, verzichtete auf ihren Anteil am gemeinsamen Haus in Anbetracht der Tatsache, dass ihre beiden Söhne es eh eines Tages erben würden. Sie hatte ja ihren Beruf und würde sich damit selber ernähren. *„Er wird dann staunen, wenn er bemerkt, wie ich mich ohne ihn, ohne seine milden Gaben erfolgreich durchschlage."*

Einige Jahre ging es ihr tatsächlich gut, obwohl ihr nicht verborgen blieb, dass Stella ihren Ex-Ehemann tatsächlich zum Standesamt führte. Dann verlor Ingeborg den Job und es gestaltete sich für sie schwierig, in ihrem fortgeschrittenen Alter einen neuen zu finden. Bis sie Hartz IV beantragen musste. Und Wohngeld. Sie, die während ihrer Ehe in einem vornehmen Haus mit großem Garten gewohnt, die jeden Monat auf den besten Plätzen in der Oper gesessen, die immer wieder in den vornehmsten Restaurants gespeist, die großzügig Trinkgelder und sonstige Hilfeleistungen erbracht hatte! Nun auf dem sozialen Abstieg! *„Alles nur aufgrund meines Stolzes! Welch große Dummheit ich doch begangen habe! Ihn werde ich natürlich um nichts bitten und die Kinder werde ich verschonen!"*

Um ihre Haushaltskasse aufzubessern, war ihr nur eine Branche zugänglich: Die der Begleitung von älteren wohlhabenden Damen. Also verbrachte sie wöchentlich mehrere Stunden mit Lektüre oder einfach Konversation mit kränkelnden Frauen - kein erbaulicher Anblick! -, aber was blieb ihr anderes übrig? Und wer würde sich eines Tages um

41

sie kümmern? Sie hatte verspielt. Einfach so, unbedacht, aus einem Spleen, aus einer kindlichen Trotzreaktion heraus. Ein zweites Mal würde sie nicht so handeln, aber würde es ein zweites Mal für sie überhaupt geben?

Edeltraut

Edeltraut war bildhübsch. *„Bereits meine Großmutter, die neun Kinder in die Welt gesetzt hat, gewann einen Schönheitswettbewerb in ihrer Heimatstadt. So etwas gab es damals schon. Ihre Urkunde hing vor jedermanns Blicken in der Eingangsdiele. Kannst du dir das vorstellen? Ich würde mich ja genieren!"*, pflegte sie zu unterbreiten.

Edeltraut verkehrte in Künstlerkreisen. Oft wurde sie als Modell geladen. Sie fühlte sich geschmeichelt. In ihrem Umfeld tauchte zwar kein Picasso auf, aber ein wohl dotierter Maler war präsent. Er beriet Edeltraut, sodass sie anfing, Malerei aufzukaufen. Ihr Ehemann war damit einverstanden, obschon ihre Vermögenslage eigentlich große Investitionen nicht zuließ. *„Woher nehmen sie das Geld für die wiederholten Käufe? Na klar, es handelt sich um noch junge moderne Künstler, die nicht hoch im Kurs stehen. Es sind Zukunftsinvestitionen, aber dennoch!"*, fiel es Edeltrauts Freundin Martha auf. Und ebenfalls, dass sich Edeltraut öfters mit ihrem Berater Frederick traf. *„Offensichtlich führt er sie in die verschiedenen Ateliers, damit sie sich vor Ort ein genaueres Bild über die Schöpfer machen kann. Mir wäre es allerdings zu viel, wenn mein Ehegatte unablässig mit einer anderen – aus welchem triftigen Grunde auch immer! – unterwegs wäre. Wieso lässt es Wilhelm zu? Wieso treten bei ihm keine Bedenken auf?"*, fragte sich Martha und gewann den Eindruck, für Wilhelm stehe der Profit im Vordergrund. *„Spielt sich da zwischen Edeltraut und Frederick nicht noch mehr ab? Diese Blicke untereinander, dieses vertraute Tuscheln in der Ecke, weitab von den anderen! Das muss doch auch Wilhelm auffallen, wenn sogar ich es ständig wahrnehme! Er billigt in* *meinen Augen zu viel! Geht er vielleicht sogar so weit, dass er seine Frau als Tauschobjekt für die Wertgegenstände offeriert? Begehen und tolerieren beide nicht eine Art von Prostitution? Hauptsache der Gewinn in Form von Wertsachen stimmt? Das gefällt mir gar nicht!"*, kommentierte Martha weiterhin die Vorgehensweise des Paares. Es schien ihr, sie hätten sich abgesprochen, seien sich über den Deal einig. *„Sie spielen mit dem Feuer! Ob das gut endet? Es erinnert mich an Chloderlos de Laclos' Werk „Gefährliche Liebschaften". Immerhin 1782 veröffentlicht! Der Schluss und damit die Aussage sind vernichtend! Hoffentlich ergeht es Edeltraut besser!"*, schlussfolgerte Martha.

Edeltraut verliebte sich in Frederick. Sie ließ sich scheiden. Verzichtete auf alles: Das erst kürzlich erworbene Häuschen, aber vor allem auf die Kinder, immerhin zwölf- und zehnjährig. Sie sollten beim Vater leben. Und Frederick? Selber auch verheiratet, ging nur eine Trennung von seiner Gattin ein, denn eine Scheidung wäre in seiner opulenten finanziellen Situation sehr kostspielig geworden. Edeltraut musste sich mit dieser Erklärung zufrieden geben. Und seine Ehefrau? *„Er soll sich ruhig austoben. Er wird schon zu mir zurückkehren, wie die anderen Male auch! Ich kenne ihn ja zur Genüge! Und solange der Rubel rollt – und das wird er weiterhin! - genieße ich mein Dasein auf meine Art und Weise!"*, urteilte sie cool.

Edeltraut erlebte die zweiten Flitterwochen ihres Lebens. Fredericks Liebe zu ihr kompensierte den Verlust ihrer Kinder, an die sie nicht zu denken wagte. Die Monate vergingen und nach zwei Jahren war Edeltraut kaum wieder zu erkennen. Sie war aufgedunsen, hatte an die zwölf Kilo zugenommen. War es der Kummer über die verlassenen Söhne? Sah sie ihren Fehler ein? Frederick bat sie nicht mehr, ruhig auf dem Stuhl zu sitzen, um ihr inzwischen verunstaltetes Gesicht zu malen. Er wandte sich von ihr ab. Ja, und er kehrte zur rechtmäßigen Gattin zurück, genau wie diese vorausgesagt hatte. Er verließ Edeltraut, anfangs trat er noch hin und wieder in Erscheinung, dann aber langweilte ihn ihr Gejammer. Edeltraut stand vor den Trümmern ihrer Existenz. Sie degenerierte zum Sozialfall. Noch eine, die zu stolz gewesen, die zu blauäugig in ihr eigenes Verderben gestürzt war. Der Kontakt zu ihrem eigenen Fleisch und Blut abgebrochen; die Kinder komplett von der herzlosen Mutter abgekoppelt. Und der Alkohol half ihr nicht weiter; im Gegenteil: er trieb sie immer tiefer in den Abgrund. Sie wurde zu einem No-Go, dem auch Martha eines Tages nicht mehr beistehen konnte.

Julia

Julia war eine lustige Frau, immer zum Scherzen aufgelegt. Man verspürte keine Langeweile in ihrer Gegenwart; sie sorgte immerfort für Ablenkung. Ihr Ehemann, Ingo, schätzte gerade diese Eigenschaft an ihr. Sie bildeten ein glückliches Paar, dessen zwei Kinder in vollkommener Harmonie aufwuchsen.

Bis Andrea in Erscheinung trat. Eine bedachte, ausgeglichene junge Frau, die mit ihrer Seelenruhe Ingo vollkommen für sich einnahm. Als könnte er Julias Temperament nicht mehr ertragen, als brauchte er in den reifen Jahren diese Besonnenheit. Die Scheidung wurde schnell eingereicht; wieder einmal entledigte sich eine Frau des ihr durch die lange Ehezeit zufallenden Vermögens. *„Das schaffe ich schon!",* meinte die selbstbewusste Julia. *„Schlimmstenfalls arbeite ich als Verkäuferin."*

Die Kinder blieben bei ihr, erhielten auch die ihnen zustehenden Unterhaltszahlungen vom Papa. Wie in so vielen ähnlichen Fällen brach der Kontakt zum Vater aber mit der Zeit unweigerlich ab. Julia brachte ihre Kinder mit Ach und Krach zum Abitur, der Sohn beendigte später sein BWL-Studium, die Tochter eine MTA-Lehre. Sie standen selbstständig auf ihren eigenen Beinen, aber ihr Gefühlsleben war offensichtlich zerstört. Sigrid blieb ledig; es war ihr unmöglich, eine Beziehung zu einem Mann zu etablieren. Mit Thomas stand es noch schlimmer: Er lebte zwar mit einer Freundin zusammen, kappte aber die Verbindung zu Mutter und Schwester vollständig. Der Grund? Angeblich hatte Julia seine Freundin beleidigt und er toleriere solch ein Verhalten nicht. Oder trugen im Grunde genommen sowohl Sigrid wie Thomas die Kollateralschäden der Trennung ihrer Eltern davon? Waren die Wunden an der sichtbaren Oberfläche verheilt, loderten aber im Inneren all die Jahre hindurch intensiv weiter?

Als die Kinder flügge geworden waren, als es einsam wurde um Julia, da verfolgten sie Suizidgedanken und Depressionen. Ohne regelmäßige Medikamentengaben schaffte sie den Alltag nicht. Drei Existenzen durch eine wenig durchdachte Scheidung in Mitleidenschaft gerissen, aus den Fugen geraten, gar zerstört.

Sie waren alle noch am Leben, im Gegensatz zu Medeas Kinder in Euripides' Tragödie gleichen Namens. Aber auch diese Mutter wies erst mal entschieden das Hilfsangebot ihres Gatten Jason ab. Ende des zweiten Auftritts sagt er zu ihr: *„Doch wenn für deine Söhne oder deine eigne Flucht du wünschst von meinen Mitteln zu erlangen eine Beihilfe, so rede! Denn bereit bin ich, zu geben mit verschwenderischer Hand und Zeichen der Empfehlung Gastfreunden zu schicken, die dich gut behandeln werden. Und wenn du dies nicht willst, wirst du, Frau, töricht sein. Sobald du aber deinen Zorn beendet hast, wirst besseren Gewinn erreichen du.“* Jason, der in Korinth die Königstochter ehelicht und damit seine rechtmäßige Ehefrau Medea verstößt, ist bereit, sowohl mit Geld wie mit Verbindungen seiner verbannten Familie zur Seite zu stehen. Und wie reagiert die beleidigte, verleugnete, von ihrem Gatten wegen einer anderen verlassenen Medea? Trotzig! Unüberlegt! Hastig! Im Wortlaut: *„Gebrauchen möchten weder wir die Gastfreunde von dir noch möchten irgendwas empfangen wir; und nicht gib uns! Denn eines üblen Mannes Gaben haben keinen Nutzen.“*

Kein Wunder, dass die Frau in der Moderne ähnlich handelt wie jene berühmte Persönlichkeit der Antike. Kein

Wunder, dass heutzutage von der Medea-Phantasie, dem Medea-Komplex oder dem Medea-Syndrom die Rede ist. Sie beruhen alle auf der vermeintlichen weiblichen Destruktivität, die wie bei Medea in der Tötung der eigenen Kinder enden kann. Die mit dem Goncourt Preis ausgezeichnete französische Autorin Marie Ndiaye greift in ihrem 2021 erschienen Roman, *„Die Rache ist mein"* (*„La vengeance m'appartient"*) dieses Thema neu auf, obwohl der Beweggrund der Mutter erst mal mysteriös bleibt.

Leuchtende Augen

„Nein, morgen geht es nicht. Es kommen doch wie jeden Mittwoch die beiden Kleinen", sagte Iris mit strahlendem Gesichtsausdruck. Ihr Wochenverlauf drehte sich um dieses Thema, um diesen zentralen Tag, der so viel Freude brachte, dass jedwede andersartige Beschäftigung daneben verblasste. Die Enkelinnen zu betreuen war befriedigender als ein Theaterbesuch, der Kaffeeklatsch mit Freundinnen, der Ausflug in die Berge. Nicht weniger erfreute es den Opa Walter, der in der Gegenwart der Mädchen vor Glück zu platzen schien. Er, der nie Zeit für seine eigenen Kinder gehabt hatte, der ständig auf Geschäftsreisen und Meetings unterwegs gewesen war! Nun endlich holte er nach, was er versäumt hatte. Verstand selber nicht, wie er diesen Genuss nicht schon früher entdeckt, wahrgenommen und ausgekostet hatte. Er empfand Schuldgefühle; vielleicht konnte er einiges wiedergutmachen durch den verspäteten Einsatz, durch den Sprung in die nächste Generation ausgleichen, was er Jahrzehnte früher nicht gegeben hatte. Nun schenkte er seine Zeit, seine Liebe, aber im Grunde genommen war er selber der Beschenkte. Er empfand es so, obwohl den Mädels ihre Wirkung nicht bewusst war. Dass sie immerzu willkommen waren, das war ihnen allerdings klar.

Iris erkrankte. Brustkrebs. Behandlungen, Bestrahlungen, Fahrten mal in dieses, mal in jenes Krankenhaus. Sie hielt sich wacker. Trug eine wunderschöne Perücke, blieb guten Mutes. Trotz kleiner Siege, trotz ihrer unablässigen Widerstandskraft triumphierte das Böse. Die Kräfte verließen sie allmählich. Als Rosa sie besuchte, lag Iris ausgestreckt auf der Couch im Wohnzimmer, die süßen Enkelinnen tobten mit dem Großvater im Garten herum. Iris war es recht so. Die Energie, sich um die stets verhätschelten und geliebten Kleinen zu kümmern, war nicht mehr existent. Jetzt musste sie sich auf sich selber konzentrieren; mehr gab ihr Körper nicht her. Alles ermüdete sie, eben auch die Kinder, die Jahre lang Angelpunkt ihres Daseins dargestellt hatten. Alles auf Ego gepolt. Alles auf Sparflamme, nur auf die eigene Versorgung, auf den Kampf gegen das Ungeheuer umgestellt. Kein Grämmchen Fürsorge, kein Atömchen Liebe für jemand anderen als für sich selber vorhanden. Nichts mehr übrig für ihr Drumherum. Nichts mehr übrig von der grenzenlosen Liebe zu den Enkelinnen. Eine Veränderung um 180 Grad. Durchaus verständlich in Rosas Augen.

Einige Zeit später traf Rosa ihre Freundin Jutta. Sie war in voller Aufregung. Der Grund: Ihr Gatte, Herbert. Die Ankündigung, ihre Tochter käme mit Ehemann und Nachwuchs für zwei Monate aus dem Ausland zu Besuch, nahm er nicht wohlwollend auf. Platz war im Hause zur Genüge vorhanden. Das war nicht das Problem. Sein Tagesablauf würde aber beträchtlich gestört sein. Und wenn das einjährige Baby nun ständig weinte? Wenn es vielleicht die Möbel vollspuckte? Er sah überall nur Hindernisse für sein bequemes, geregeltes Rentnerdasein. Jutta machte sich Sorgen: *„Das kann mit meinem misanthropischen Ehemann nicht klappen. Wir können ja nicht ständig außer Haus gehen, damit seine Ruhe bewahrt ist."* Rosa argumentierte beruhigend: *„Warte ab, bis die junge Familie eingetroffen ist. Du wirst sehen: Ihm wird es genauso ergehen wie all den anderen Großvätern. Er wird zerfließen und zergehen in Anbetracht des unschuldigen Gesichtchens."* *„Wer's glaubt, wird selig"*, antwortete Jutta verzweifelt. Und dann kam der ersehnte und zugleich gefürchtete Tag: Der Besuch traf ein. Ja, und auch er, der Skeptiker, der Abwehrende, der Neinsager begann langsam sein Herz zu öffnen, erlag unwillkürlich dem Charme dieses kleinen, unschuldigen, lieblichen Wesens. Vorbei seine Befürchtungen, vorbei seine schlechte Laune, vorbei seine Ungeschicklichkeit gegenüber diesem zarten, zerbrechlichen Geschöpf, das auf unbewusste Weise die Fähigkeit besaß, diese Transformation in einem intelligenten, räsonierenden

Erwachsenen zu erzeugen. Die Familie um ihn herum voll Freude aufgrund dieses unerwarteten Triumphes durch eine unschuldige, unwissende Kreatur.

Nach der Liebesnacht

Wie lautete der Name der Heldin in Stendhals „*Rot und Schwarz*"? Genau, diese verheiratete Frau, die von einem jungen Emporkömmling verführt worden war. Hannelore müsste das Buch unbedingt wieder lesen. Wie gut konnte sie nun deren Gewissenspein verstehen! Nie hätte sie gedacht, dass solch ein Schmerz real empfunden werden könnte! Die Szenen in Werken, in denen eine weibliche Figur aus Liebeskummer krank wurde und daraufhin auch noch sterben sollte, diese waren ihr stets übertrieben romanesk, unwirklich vorgekommen. Solche Beschreibungen stammten ausnahmslos aus der Hand von männlichen Autoren, die sich die feminine Seele nach eigenem Gutdünken zurechtschusterten, vielleicht sogar ihr Wunschdenken auf sie übertrugen: Sie sähen gerne ihre Liebste vor Sehnsucht nach ihnen dahin schmelzen, zergehen. Aber nun, bekam Hannelore selbst nicht Fieber? Nein, nur eine vorübergehende Hitzewallung und schon war dieses Gefühl wieder verflogen! Unpässlich wurde sie nicht; allerdings ähnelten die Symptome ein wenig einer Krankheit.

Er rief nicht an, er erschien nicht. Sie hatte es so von ihm verlangt und er richtete sich danach. Er musste dennoch wissen, ahnen, durchschauen, dass sie die gegenteilige Handlungsweise von ihm erwartete. Er hielt aber sein Wort, meldete sich nicht. Es war auch besser so, sonst hätte sie keine Chance gehabt, aus diesem Teufelskreis zu entkommen. Jetzt erlitt sie schon Qualen von dem einen Mal, wie wäre es nach dem zweiten, dritten, ...? Nein, dieses eine Mal war genug! Wie lange bestand dieses Leiden schon fort, wie lange im Vergleich zur kurzen Dauer einer einzigen Liebesnacht? Hätte sie diesen Schmerz erahnt, hätte sie sich nicht gehen lassen. Dabei hatte sie schon so oft von solchen Intimitäten geträumt, sich das Zusammensein mit ihm herbeigesehnt! Hatte er ihr

Verlangen überhaupt wahrgenommen? Sie hatten nicht darüber gesprochen. Würden sie es überhaupt tun? Vier Jahre zuvor hatten sie sich kennengelernt. Sie war Kundin der Bank, in der er sie stets zuvorkommend bediente. Vom ersten Augenblick an hatte sie ihm gefallen, das stand fest, das hatte sie gefühlt. Aber mehr, nein, mehr war es nicht gewesen. Nur ein Plaudern hier, ein Schwätzchen dort, weiter nichts. Nach Verlauf eines Jahres trat sie selber in den Dienst der Bank, sie wurden Kollegen, begegneten sich täglich. Die Unterhaltungen wurden länger, das Interesse füreinander wuchs. Sie nahmen auch an Betriebsausflügen oder an Partys der Kollegen teil. Er, selber glücklich verheiratet, flirtete hier und da. Aber es war immerzu ein angenehmes, oberflächliches Spiel, ohne wahre Hintergedanken. Ob der Anschein trog? Er beglückte offensichtlich die Frauen durch seine positiven Bemerkungen. Er fand immer das Attraktive oder Besondere an ihnen, das sich lohnte herauszustellen, das, was auch ihre Ehemänner einstmals angezogen hatte, diese aber schon längst nicht mehr in ihren Gattinnen erblickten. Letztere sahen nun plötzlich ihre Vergangenheit, ihre Jugend wiederauferstehen, ihre Qualitäten wertgeschätzt. Somit fühlten sie sich geschmeichelt und zugleich zu ihm, der wahrlich nicht sonderlich gut aussah, hingezogen. Sie benötigten seine Aussprüche wie ein Elixier, wie eine Droge. Und er war nie geizig mit seiner Wundertüte. Er genoss die Wirkung seiner Worte auf all die ganz normalen Durchschnittsfrauen, die wie die Blumen im Frühjahr aufblühten.

Mit Hannelore war es dennoch ein wenig anders. Sie spürte ihre anziehende Wirkung auf ihn. Noch mehr, sie spürte die Eifersucht der anderen Frauen, die sich in einem harten Konkurrenzkampf mit ihr befanden. Es war so, als besäßen sie alle Anspruch auf ihn und hätten sein Spielchen nicht durchschaut. Da war die eine, die schon zwanzig Jahre lang Seite an Seite mit ihm arbeitete. Ja, Frau Schmidt war ein besonders auffälliger Fall: Sie konnte sich ganz normal mit Hannelore unterhalten, lächeln, lachen, erzählen; kaum hatte er aber den Raum betreten, befiel sie eine sichtbare Wandlung. Ihr Tonfall änderte sich, ihre Gestik, ihr Gesichtsausdruck; sie mutierte zur angriffslustigen Katze. Früher fand Hannelore sie einfach lächerlich, inzwischen verstand sie ihre Gefühlssituation sehr gut.

Dann war da Frau Meyer, eine sehr nette Frau, mit der er bestimmt nichts Intimes erlebt hatte. Dennoch ertrug sie es nicht, dass er Interesse für jemand anderen als für sie selber bekundete. Sie glaubte, sie hätte seine ganze Aufmerksamkeit, all seine wohltuenden Sätze nur für sich gepachtet. Aber so war es nicht, denn Hannelore zog ihn stärker an. So wie umgekehrt auch.

Zum Selbstschutz versteckte und verhüllte Hannelore ihre wahren Empfindungen. Sie gebärdete sich immer desinteressiert, denn auch sie konnte sein Getue mit den Rivalinnen nicht mehr ohne weiteres hinnehmen. Sie baute eine Mauer, einen Schutzwall der Stärke, der Härte und Gefühlslosigkeit um sich herum. Wie hätte sie sonst seinen Spielereien beiwohnen können! Jahrelang machte er sie verrückt, übertrug seine eigene Begierde auf sie, tat aber nie den letzten Schritt! Das Flirten allein schien ihm zu genügen. Hatte er denn die Reaktion bei ihr nicht bemerkt?

Und dann brach der Sommer mit seinen Gartenpartys an. Tanzen, das war beider Leidenschaft. Und welch aufsehenerregendes Paar sie doch abgaben! Man fing schon an, über sie zu munkeln, zumindest nahm es Hannelore an. Die Umstehenden konnten ja vor so intensiver Lust nicht blind bleiben! Mit jedem Song wurden sie sensueller, unhaltbarer.

An einem dieser Abende war Hannelores Mann auf Geschäftsreise, und Karl begleitete sie heim. Er kam in die Wohnung. Wie viele Monate, Jahre zuvor hätte er nicht schon diesen Schritt vollziehen können? Warum hatte er so viel Zeit verstreichen lassen? Hatte er nie ihr Verlangen wahrnehmen wollen? Nach vier Jahren des Flirtens, eng aneinander Tanzens und Sich-Mögens gaben sie sich nun den allerersten Kuss. Denn Hannelore hatte sich nie zuvor auf den Mund küssen lassen. Ihr war die Gefahr eines solchen Handelns bewusst. Hatte er dieses Verbot als ihr Ausweichen, ihre Absage gedeutet? Dabei war es für sie nur Notwehr, das letzte Hindernis vor der Hingabe gewesen. Nun war es endlich mit all seinen Konsequenzen geschehen. Sie konnte und wollte der Situation nicht mehr ausweichen. Die Nacht, sie wurde unvergesslich, berauschend, unendlich schön. Im Morgengrauen verließ er sie, um sie ein paar Stunden später anzurufen, voller Ungeduld ihre Stimme wieder zu vernehmen. Ja, er durfte sie besuchen. Sie hatte beschlossen, nie mehr mit ihm zusammen zu sein, ihren Mann nicht noch ein Mal zu betrügen. Diesen unerwünschten Wunsch teilte sie ihm mit. Sie sollten weiterhin in guter Freundschaft verbleiben. Er willigte ohne Widerspruch ein. Seine Enttäuschung war ihm anzusehen, aber er wollte ihr keinen Ärger verschaffen und befürchtete wohl, dass ansonsten der vollkommene Schluss besiegelt sein würde. Sie reagierte zunächst erleichtert, atmete des Drucks entledigt auf. Zum Abschied küssten sie sich, und nicht einmal Rodin hätte diese zügellose, grenzenlose Umarmung und Verschlingung bildhauerisch wiedergeben können! Nichtsdestotrotz, obwohl sie sich kaum noch beherrschen konnte, schickte sie ihn standhaft geblieben fort.

Der Tag verging, sie wusste nicht wie. Sie ging einkaufen und vergaß ihr Portemonnaie. Sie ging zur Reinigung, betrat aber stattdessen die daneben befindliche Apotheke. Sie ging und ging in Gedanken versunken, an Menschen vorbei wie an Salzsäulen. Wo war er, wo blieb er, warum meldete er sich nicht? Seit einem Jahr war sie nicht mehr an der gleichen Bank angestellt, sie hatte einen besseren Posten in einer anderen Filiale angenommen. Wann würde sie ihn treffen können? Sie verzweifelte, brannte innerlich, zerbarst vor Schmerz. Dann fand zu ihrer Rettung die Geschäftsbesprechung statt, bei der sie ihm vier Tage später begegnete. Er kam auf sie zu und schaute ihr während der Begrüßung tief in die Augen. Noch nie hatte er sie so ernst angeschaut. Offensichtlich wollte er ihre Gefühle ergründen. Hatte er sie endlich verstanden? Sah er endlich, wie sie innerlich brodelte, bewunderte er zugleich, wie tapfer sie sich all die Jahre hindurch beherrscht, sich einem billigen Vergnügen entzogen hatte? Und doch hatte sie schließlich ihrem tiefsten Verlangen nachgegeben, stand sie nun der Fülle des Schmerzes, des Verzichts gegenüber, ganz alleine, gnadenlos einsam der Bewältigung ihres Leidens überlassen.

Hannelore verstand jetzt unter der Tränenlast nicht nur die Romanwelt besser, sondern obendrein ihre Busenfreundin Evelyn. Sie hatte sie in der letzten Zeit beobachtet. Sie verhielt sich anders als sonst, wenn sie von Peter sprach. Mit ihm teilte sie schon lange die Leidenschaft für das Reiten und für Pferde. Sie hatte immer mit Begeisterung von Ausritten, Polospielen und dem Eintreffen neuer Tiere berichtet. In den letzten Wochen war bei der Erwähnung von Peters Namen jedes Mal ihre Beherrschung verflogen. Sie reagierte nervös, zitterte leicht und vor allem glänzten ihre Augen merklich auf. Gleichzeitig leuchtete ihr Schmerz durch sie hindurch. Kein Wunder! Auch Evelyn war verheiratet und Mutter; wie zermürbt musste sie sein bei dieser Geheimnistuerei vor ihrem Gatten!

Hannelore fühlte sich Evelyn noch näher und beneidete sie, weil sie ja ihr Verhältnis zu Peter hatte, weil sie den Mut und die Kraft aufbrachte, mit dem Genuss und den Gewissensbissen zu leben. Hannelore traute es sich noch nicht zu, noch nicht, vielleicht eines Tages, vielleicht mit einem anderen Mann, der sie nicht so verletzen könnte.

Karl sollte sie nicht anrufen. Sie hatte ihn darum gebeten, denn darin sah sie die einzige Möglichkeit, standhaft zu bleiben. Nun war ihr Mann fort und Karls Frau ebenso. Beide hätten sehr einfach jede Nacht, von Montag bis Freitag, gemeinsam verbringen können. Aber Robert, der nach über zwanzigjähriger Ehe jeden Winkel in Hannelores Seele genauestens kannte, hatte sie ermahnt, die Finger von Karl zu lassen. Er hatte sogar gedroht, er würde sie beobachten lassen

54

und schlimmstenfalls seinen Arbeitsstandort wechseln, wenn er erführe oder bemerkte, sie habe ihn dennoch betrogen. Und Hannelore war klar, dass sie nichts vor Robert geheim halten konnte, dass er sie mit seinen lebhaften Augen schon innerhalb der ersten Sekunden nach seiner Rückkehr durchschauen würde. Sie wusste, es gab kein Entkommen in die Lüge, die Lüge war nicht ihr Revier. Somit blieb ihr nichts anderes übrig, als auf Karls Hilfe zu bauen, ohne die sie zu schwach war.

In ihrem Innersten hoffte sie aber immer noch auf einen Anruf von Karl. Jeder neu angebrochene Tag brachte neue Qualen mit sich. Sie war unruhig, weinte. Die Stunden schienen nicht zu vergehen. Am Abend war sie zu einem Essen eingeladen. Ob Karl wohl auch zu den Gästen zählte? Sie blühte in dieser Hoffnung wieder auf, sie schminkte sich liebevoll, wollte anziehend wirken, nur für ihn. Freude kehrte wieder in sie, vom Tode wieder auferstanden zum Leben! In dieser Stimmung verließ sie ihre Kinder, musste aber feststellen, dass Karl nicht mit eingeladen war. Es verblieb ihr keine Zeit, traurig zu werden, denn sie war sofort in die Unterhaltung verwickelt, zu abgelenkt, um mit ihren Gedanken abzuschweifen.

Als der Abend vorbei war, als der nächste Morgen anbrach, begann die Tortur von Neuem. Der Tag war zwar – wie alle anderen auch – verplant, von morgens bis in den späten Nachmittag verbucht, trotzdem wanderten ihre Gedanken ständig zu ihm. Ob er wohl auch an sie dachte; war sein Verlangen denn nicht stark genug, um ihr Verbot zu überschreiten? Dabei hatte er doch verkündet, eine Woche ohne sie zu sehen, das würde er nicht aushalten. Konnte er denn ihr inneres Rufen nach ihm durch die Wände, durch die dünne Luft nicht hören? Hielt er sie wirklich für so stark oder gefühllos, dass sie es tatsächlich ernst gemeint hatte mit ihrer Anweisung? Reimte er sich nicht zusammen, dass sie danach brannte mit ihm, bei ihm zu sein? Wie konnte er nur so gutgläubig sein! Oder handelte er derart aus Furcht, sie sonst für immer zu verlieren? Oder gar aus überlegener Reife?

Die Zukunft war ihr nun gleich, sie zerplatzte einfach! Oder waren ihr im Gegenteil die langen Monate vor ihr doch von Bedeutung? Auf jeden Fall stand für sie eins klar und deutlich fest: Nur für einen einzigen anderen Mann hatte sie in ihrem Leben so gelitten, und das war Robert selbst! Am Anfang ihrer Ehe hatten sie aufgrund ihres Studiums wochen-, sogar monatelang, getrennt leben müssen und immerfort war sie voll Sehnsucht nach ihm vergangen. Im Anschluss an die häufigen gemeinsamen Telefongespräche hatte sie den Lauf der Tränen nicht bremsen können. Ja, das Martyrium des Getrenntseins wiederholte sich jetzt mit dem Unterschied, dass sie jetzt von Karl nur einige hundert Meter trennten und nicht hunderte Kilometer wie damals von Robert!

Wenn Hannelore nun im Radio eine schöne Tanzmusik hörte, sah sie sich in Gedanken in Karls Armen über eine Tanzfläche gleiten. Oh, wie gut konnte er doch tanzen; was für ein prächtiges Paar ergaben sie beide! Sie waren leidenschaftliche Tänzer, die ihrer Bewunderer nicht mangelten. Sie verspürte ihren Körper im Rhythmus der Musik sich an den seinigen schmiegen. Diese Gedanken verfolgten sie auch am Arbeitsplatz. Sie schrak zusammen. Ob man sie wohl beobachtete? Sah man ihr eine Veränderung an oder war es nur ihre Einbildung? Schauten die Kollegen sie nicht manchmal forschend an? Spannen sie nicht Gedanken weiter, stellten sie sich etwa Dinge vor? Die Männer natürlich! Hannelore sah bestimmt hübscher, verklärter aus als je zuvor.

Sie ertappte sich, wie sie zwischendurch für Sekunden abschaltete und an Karl dachte. Damit trat in ihren Zügen, in ihren Augen eine Veränderung auf, die sie unmöglich unterdrücken, verwischen konnte. Was man ihr dennoch nicht vorwerfen konnte, war ein Nachlassen in ihrer Arbeitsleistung. Ganz im Gegenteil: Die steigerte sich!

Zu Besuch bei Evelyn, beim friedlichen Tässchen Kaffee, da klingelte immer pünktlich um 16 Uhr das Telefon. Aus dem Gespräch über Pferde entnahm Hannelore, dass der Anrufer kein anderer als Peter sein konnte. Oh, wie beneidete sie Evelyn in diesen Augenblicken! Peter schien sich tagtäglich zu melden, sogar wenn er sich geschäftlich außerhalb der Stadt aufhielt. Hannelore wunderte sich, wie Evelyn es schaffte, ihren eifersüchtigen patriarchalischen Ehemann so offen zu hintergehen. Sie traf sich nämlich unentwegt mit Peter in der Öffentlichkeit in der Angelegenheit Pferde. Wieso Evelyns Gatte diese häufigen Zusammenkünfte duldete, war Hannelore ein vollkommenes Rätsel. Auf jeden Fall zerfraß sie der Neid, dass Evelyn es anscheinend so gut getroffen hatte; sie brachte aber noch nicht den Mut auf, über ihre Liebhaber zu sprechen. Mit welcher Selbstverständlichkeit erwähnte doch Evelyn, dass Peter angerufen hatte oder anrufen würde, als wäre überhaupt nichts dabei. War da wirklich nichts? Aber nein, das wäre nicht möglich!

Hannelore hingegen verheimlichte jedes Wort mit oder über Karl. Was hätte Evelyn auch über ihre Wahl gestaunt! Karl war nicht nur wesentlich älter als Hannelore, er bekleidete keinen hohen Posten in der Bank, ganz im Gegenteil, außerdem war er nicht besonders gebildet, ein ansonsten sehr wichtiger Punkt in der Auswahl von Hannelores Bekanntschaften. Er bezeugte weder großes Interesse noch Kenntnisse an Musik, Literatur oder Kunst. Über das politische Tagesgeschehen war er gut informiert und an Reife fehlte es ihm natürlich nicht. Er war ein Charmeur par excellence und gegen Charmeure hatte sich Hannelore stets gewehrt. Sie waren ihr immer zu oberflächlich gewesen. Karl brachte seinen Charme für Frauen auf eine gekonnte Art herüber, er vermittelte ihnen den Eindruck, einzigartig zu sein. Er war ein ausdauernder Gesprächspartner, hilfsbereit und großzügig. Außerdem war er äußerst geschickt und reparierte alles mit Liebe und Perfektion. Dies imponierte Hannelore, die von klein auf von ihrer Mutter die Bewunderung für handwerkliches Können eingeimpft bekommen hatte. Wahrscheinlich hatte er auf Hannelore zusätzlich durch seine mehrere Jahre hindurch andauernde Beharrlichkeit und

Stetigkeit in seiner Vorliebe für sie Eindruck geschunden. Seine Beständigkeit war Beweis dafür, dass er nicht zu der befürchteten trivialen Sorte gehörte. Wenn es etwas gab, was für ihn nicht zählte, dann wohl der Faktor Zeit. Er ließ sie verstreichen – zu Hannelores großem Verdruss.

Hannelore analysierte sich und kam zu dem Schluss, dass sie in puncto Männern immer nur zwei ganz verschiedene Typen im Auge gehabt hatte: Der eine war der zum Heiraten, zum täglichen ewigen Zusammenleben, der musste entsprechend intelligent, gebildet, wohlerzogen, gesprächig und gesellig sein. Der andere war derjenige, zu dem sie sich erotisch hingezogen fühlte, dem sie das Fehlen der genannten Eigenschaften des blauen Prinzen nachsehen konnte. Bei dieser Gruppe war sie sich zwar eines Ekelgefühls sich selber gegenüber bewusst, verfiel ihr aber dennoch.

Eine Woche verging. Tag für Tag, eine ewig lange, nicht enden wollende Woche! Dann kam der ersehnte Morgen, an dem das Telefon klingelte und er mit seinem frischen „Hallo", als käme er durch das Gerät hindurch gesprungen, grüßte. Hannelore war glücklich, sie platzte nun vor Glück, so wie sie früher vor Schmerz zersprungen war. „Endlich, endlich, höre ich dich wieder!", dachte sie. Sie wollte ihm von ihrer Marter erzählen und konnte es doch nicht. Sollte sie sich dermaßen vor ihm bloßstellen, sich vollkommen entblößen? Vielleicht würde er sie danach weniger schätzen. „Ich habe eine harte Zeit durchgemacht", das war das einzige, was sie hervorbrachte. In den folgenden Tagen hatte er geschäftlich viel zu tun, sie konnten sich nicht treffen. Dann organisierte Hannelore ein Abendessen, zu dem er ohne seine Frau erschien. Nachdem alle Gäste bereits gegangen waren, blieb er noch. Verstohlen küsste er sie, aber sie konnte ihn nicht feurig erwidern. Sie war inzwischen zutiefst gekränkt. Hatte er etwa das Interesse an ihr verloren? Warum hatte er sie so lange vernachlässigt? Hatte er festgestellt, dass sie gefühlsmäßig zu sehr engagierte und er versuchte nun, den rollenden Ball zu bremsen? Obendrein hatte er den ganzen

Abend lang, neben ihr sitzend, mit seiner anderen Tischnachbarin geflirtet. Und wie! Ganz offen, sodass alle Tischgäste es bemerkt hatten. Es war seine Art, das wusste Hannelore, das musste sie akzeptieren. Aber wo befand sich das Limit? Wie viel sollte sie erdulden? Gab es nicht Grenzen, die jeder taktvolle Mensch irgendwie einhalten sollte? Wollte er ihren Schmerz nicht wahrhaben, sah er ihn nicht oder genoss er ihn? Hannelore wurde nicht schlau aus ihm, ihr blieb nur die Flucht in ein eisernes, vollauf kontrolliertes Äußeres. Sie tat eiskalt, aber ihr Inneres war nicht gefühlstot. Sie war im höchsten Grad verletzt und konnte sich nun – Stunden später – nicht im Kuss hingeben.

Sie brauchte erst das klärende Gespräch mit ihm. Er aber schien es nicht für nötig zu halten: Er wollte jetzt sie. *„Wie verschieden sind doch die Männer von uns Frauen"*, ging es Hannelore durch den Kopf. *„Der Seelenzustand spielt bei ihnen keine Rolle. Bei ihnen spricht nur das Verlangen."* Und sie musste sich mit spärlichen Antworten zu ihren persönlichen Fragen begnügen. *„Warum hast du dich nicht gemeldet?" „Ich dachte, du wärst mir böse." „Wieso? Ich habe dir doch gesagt, ich wäre es nicht!" „Sei jetzt still. Morgen reden wir darüber."* Würde es wirklich eine Gelegenheit dafür geben? Oder handelte es sich um eine Floskel, um sie ruhig zu stellen?

Und dann waren sie wieder zusammen. Sie hatte ihn wieder für sich und konnte ihr Glück nicht völlig auskosten. Die Barriere der Fragezeichen lag zwischen ihnen und gebot ihr Einhalt. All der Schmerz, der sich in den vergangenen Tagen aufgestaut hatte, fand einen einzigen Weg, den der Tränen. So schluchzte sie, diesmal aber nicht nur vor Genuss, sie weinte richtig. Sie versuchte zu verhindern, dass er es merkte, dass er sah, welche tiefen Empfindungen er in ihr zu wecken imstande war. Mehr oder weniger heimlich bemühte sie sich, ihre Tränen, ohne dass er es tatsächlich wahrnahm, wegzuwischen. In dem, was er erblickte, erkannte er nicht die Qualen, die sie durchgemacht hatte. Er ging nicht auf sie ein. Viel schlimmer: er verlangte von ihr, sie solle ihm etwas

Schönes sagen. Wie blind war er doch! Erkannte er nicht, dass sie unmöglich auf Knopfdruck Liebesworte hervorsprudeln lassen konnte? Begriff er nicht, dass sie durch seine Verhaltensweise der letzten Zeit gehemmt war? Es war ihr unmöglich, nur ein einziges Wort hervorzubringen. Sie hätte in aller Ehrlichkeit nicht sagen können, was sie tatsächlich für ihn empfand. Nur eins war ihr klar, nämlich dass sie vollkommen verunsichert war. Wie viel gehörte er ihr? Wie viel gestand er ihr zu? Sie hätte so gerne die Wahrheit gewusst.

Am nächsten Tag rief er kurz an und versprach, sie nochmals am Nachmittag anzurufen. Zur vereinbarten Zeit kam kein Anruf, aber Hannelore tröstete sich, dass er vielleicht verhindert war. Nachdem sie dann für zwei Stunden außer Hause gegangen war, erhoffte sie sich innigst seinen Anruf am späten Abend. Und tatsächlich läutete das Telefon, ein-, zwei-, dreimal, und jedes Mal stürzte sie sich erlöst auf den Apparat, aber immer war es jemand anderes. Es war ihr, als würde sie Wellen ausbreiten, in denen sie verzweifelt durchgab, sie wolle angerufen werden, nur erreichten diese Wogen nicht den erwünschten Menschen!

Wenn sie jemanden traf, der ihn gesehen, mit ihm gesprochen haben musste, fühlte sie sich ihm gleich näher. War es im Werther nicht ähnlich gewesen? Als Werther einmal verhindert war, seine Lotte zu besuchen, obwohl er sich nach ihr sehnte, überfiel er direkt seinen Diener, den er mit der Nachricht, er könne nicht kommen, zu ihr geschickt hatte, und versuchte von ihm, jedes Detail über sie in Erfahrung zu bringen. Er empfand, dass dieser Mensch, der bei ihr gewesen war, etwas von ihr zu ihm herüberbrachte. Werther beneidete ihn auch, weil er ihre Nähe genossen hatte. Ähnlich erging es Hannelore: Sie hatte sich nie sonderlich für Karls Schwester Rosa interessiert, nun aber suchte sie ihre Gesellschaft auf, um durch sie etwas von Karl vermittelt zu bekommen. Und sie war eifersüchtig auf Rosa, da diese ohne weiteres bei Karl ein- und ausgehen durfte.

Dann trafen sie sich zufällig bei einem Abenddiner.

Wieder flirtete er mit einer anderen Frau herum. *„Es ist aus"*, dachte sich Hannelore. *„Aber was ist überhaupt aus? Was kann ich von dieser Affäre erwarten? Nichts, denn wir sind doch beide glücklich gebunden. Alles nur sinnloser Wahnsinn!"* Nach dem Essen setzte er sich dann neben die perfekt kühl wirkende Hannelore, die ihn aber wohl nicht so kalt ließ, denn er fing an, sich verstohlen mit der Hand auf dem Couchkissen ihrem Hintern zu nähern. Er empfand bestimmt eine unwiderstehliche Lust, sie berühren zu müssen. Hannelore wurde zur Eissäule, genoss zwar seinen Impuls, raffte sich dennoch zusammen und rückte etwas von seiner Seite weg. Was hatten wohl die anderen Gäste wahrgenommen? War der Herr ihr gegenüber nicht plötzlich verstummt und konzentrierte sich nun darauf, sie anzustarren? Da die Situation eskalierte, das Risiko, enttarnt zu werden, wuchs, vor allem, da Karl inzwischen schon zu viel getrunken hatte, beschloss sie aufzubrechen. Als sie im Nebenraum ihren Mantel umlegte, verspürte sie eine Hand an ihrer Brust. Es war ihr sofort klar, wer der Täter war. Karl hatte eine erstaunliche Schnelligkeit und Fertigkeit in diesem Griff entwickelt, er verfehlte sein Ziel nie. Er wusste die Höhe genau einzuschätzen und landete beim ersten Versuch schon richtig. Einmal hatte er es vor aller Leute Augen gewagt, aber ohne, dass diese etwas bemerken konnten. Es war so: Karl stand in der Tür zu einem Zimmer, in dem Hannelore ihm etwas zeigte. Er streckte die Hand nach diesem Objekt aus, legte aber stattdessen seine Hand auf ihre Brust, wobei er nicht aufhörte weiterzureden. Die Gäste im ersten Raum sahen zwar Karl, nicht aber, wohin er seine Hand ausgestreckt hatte, denn Hannelore stand hinter der Tür. Solche waghalsigen Spielchen törnten ihn besonders an. Er lächelte dabei stets verschmitzt. Das sollte ihm einer nachmachen, dachte er sich mit Sicherheit dabei! Seine Courage machte Eindruck auf Hannelore.

Wie nahe waren sie sich in der Zwischenzeit gekommen! Zu Anfang ihrer Liaison fragte sich Hannelore immer wieder bei ihren Treffen: *„Mit diesem Mann bin ich* *zusammen? Wieso dieser? Was zieht mich denn so an?"* Im Laufe der Wochen und Monate änderte sich diese Einstellung. „*Er*" war da. Es ging um keinen anderen. Auch am Telefon verliefen die Gespräche harmonisch; es gab keine Barriere mehr, keine Hemmnisse zwischen ihnen. Sie waren eins. Zum Geburtstag hatte er ihr einmal, in der Zeit bevor etwas zwischen ihnen vorgefallen war, einen Weihnachtsstern geschenkt. Sie hatte ihn in ihr Zimmer an ein sonniges Fenster gestellt und ihn liebevoll versorgt. Obwohl sie keine gute Hand für Pflanzen besaß, schien ihr diese zu gelingen. Sie bedeutete ihr ja nicht nur die Freude am Lebendigen, sie symbolisierte sein Interesse, seine Zuneigung für sie. Es vergingen die Tage und sogar fast der ganze Winter mit einer prächtig entfalteten Blume. Dann brach aus irgendwelchen Gründen eine Zeit an, in der Hannelore Karl nicht zu sehen bekam. Sie war einerseits froh darüber, denn sie hatte eingesehen, dass er sie nicht wirklich liebte, dass er dem Flirt mit allen Frauen verfiel. Und ihre Blume? Sie ging ein, genauso wie seine Gefühle für sie. Hannelore verzweifelte daran, versuchte sie mit allen Mitteln doch noch zu retten, führte Gespräche mit anderen Frauen über Blumenpflege – sie, die sich nie sonderlich für dieses Thema interessiert hatte! Nichts zu machen: Ihre Blume starb ab und mit ihr sah Hannelore seine Leidenschaft für sie dahinsiechen. Ein und dasselbe! Kein Wunder, dass sie ein Jahr später, als sie bereits vereinigt waren und sie wieder Geburtstag hatte, lieber sein Geschenkangebot einer Blume abwies. Sie fürchtete zu sehr mit dieser, wieder ähnliche zweideutige Qualen durchzumachen. Im Grunde hätte sie sich sehr darüber gefreut, hätte auch diese liebevoll gepflegt, gleichzeitig geplagt von der Angst, sie – beide - wieder zu verlieren.

Eines Tages erschien er dennoch mit einer überschwänglich blühenden Topfpflanze. Hannelore reagierte freudig und bange zugleich, nahm sich eisern vor, diese nicht eingehen zu lassen. Sie sprach mit ihr, streichelte sie, küsste sogar ihre sprießenden Blüten, zupfte sanft die verwelkten ab, freute sich über jedes neue Blatt und schien diesen Kampf um die Natur und um seine Hingabe zu gewinnen. Endlich eine Pflanze, die bei ihr gedieh! So wie auch er immer wieder anrief oder persönlich erschien. Aber wiederholt machte sie die Erfahrung, dass er sich ansagte oder ihr versprach, sich telefonisch zu melden, aber nichts dergleichen geschah. Es machte sie wahnsinnig, dass er sich für seine Unterlassungen nicht entschuldigte. War er ihrer so sicher, dass er es nicht für notwendig erachtete, sie zu benachrichtigen, wenn er aus welchen triftigen Gründen auch immer verhindert war?

Wo blieb ihr Stolz? Denn eigentlich betrachtete sie diese Unaufmerksamkeiten als Grund für einen Bruch. Was war sie denn in seinen Augen überhaupt wert? Sie wollte nicht hin- und hergeschoben, benutzt werden, gut genug sein, wenn es ihm passte oder wenn ihm nichts Besseres zur Verfügung stand. Sie beschloss jedes Mal, mit ihm darüber zu sprechen, ihn vor einer Wiederholung zu warnen, fand dann aber keine Worte dafür, versöhnte sich mit ihm, ohne ihm ihre gespaltenen Gefühle enthüllt zu haben, ohne je zu einem klärenden Streit zu gelangen. Die Freude, wieder mit ihm vereint zu sein, verwischte jeden Zwist zwischen ihnen. Sie merkte, dass sie resignierte, dass sie als reife Frau ihn, als Mann mit seinen eigenen Verpflichtungen, so zu akzeptieren hatte. Ihr gehörte halt nur das von ihm, was er bereit war, ihr zu geben. Sie konnte keine weiteren Ansprüche an ihn geltend machen. Ihr fiel nur das zu, was er ihr darbrachte. Waren dies nur Krümel? War dies zu wenig? Wie viel konnte sie verlangen? Nein, nein, Hannelore wurde klar, dass sie sich damit zufrieden geben musste, sonst würde sie das Ganze verlieren.

Sie fühlte sich als erwachsene, gebundene Frau, liiert mit einem gebundenen Mann in einer vollkommen neuen Situation, in der sie nicht wie eine Primanerin eifersüchtig und unverständig reagieren konnte. Wenn er sie anrief, achtete jeder von ihnen darauf, dass niemand anwesend war und mithörte; wenn er sie besuchte, nur zu einem Zeitpunkt, an dem keiner Verdacht schöpfen konnte, weder auf seiner noch auf ihrer Seite. Diese Geheimniskrämerei war für beide nicht einfach, das sah sie ein. Einen weiteren Schritt wollte sie gar nicht in Betracht ziehen; diese Qualen wollte sie sich vorerst ersparen. Warum sollte sie sich Gedanken über etwas machen, was noch gar nicht eingetreten war, womöglich nie geschehen würde? Wie würde sie reagieren, wenn sie merkte, dass er neben ihr noch eine weitere Geliebte hatte? Aber Hannelore hatte nicht die Kraft, sich diesbezüglich Schmerzhaftes zuzufügen. Würde sie ein Auge zudrücken oder sofort Schluss machen? Nein, sie weigerte sich, sich vorzeitig zu peinigen!

Ahnte er, dass sie von Tag zu Tag, von Woche zu Woche sehnsüchtiger auf seinen Anruf, auf sein Kommen wartete? Konnte er ihr Verlangen nachempfinden? Er hatte ihr zwar gestanden: *„Ich möchte viel öfter bei dir sein!“*, er schien aber nicht nach seinen inneren Impulsen zu verfahren. Bremste er diese oder fand er tatsächlich keinen Weg, sie häufiger zu treffen? Hannelore wusste nicht, welche von seinen Worten echt waren, z. B. folgende: *„Verlass mich nie!“* mit einer Inbrunst geäußert, die sie nur für wahr halten konnte. Dann wiederum nahm sie an, er benütze die Seltenheit seiner Anwesenheit als Taktik: Durch seine langjährige Erfahrung mit Frauen wusste er mit Gewissheit, dass er so ihre Sehnsucht steigerte. Vielleicht handelte er auch mit Bedacht, denn ein zu wiederholtes Miteinander hätte sie schnell einander überdrüssig machen können. Letztendlich verhielt er sich als schlauer Fuchs und verlegte – wenn auch schmerzhaft – ihr Beisammensein auf einen späteren Zeitpunkt.

Oft musste Hannelore über ihr Getue in Gesellschaft innerlich lachen. Was für Künstler im Täuschen waren sie doch! Hinter ihrer kalten, distanzierten Art, ihn so wie alle anderen Männer von sich fernzuhalten, konnte wohl niemand erahnen, was sich in Wirklichkeit und in Zweisamkeit abspielte! Welch reizvolle Komödie ließen sie so vor aller Leute Blicke ablaufen! Ein herrliches Gefühl überkam sie, wenn sie ihren Triumph über die Blindheit ihrer Mitmenschen betrachtete. Kein Wunder! Sie verhielt sich nämlich gewöhnlich wie eine unnahbare Königin. Sie gab sich unerreichbar in ihrer abweisenden Kühle. Obwohl sie anziehend auf Männer wirkte, traute sich keiner an sie heran, als stünde sie einer Göttin gleich auf einer Empore. Auch in Gegenwart von Karls Frau spielte sich das gleiche Libretto ab. Sie hatte nach Monaten noch keinerlei Verdacht geschöpft, obwohl sie Jahre hindurch von Karls Zuneigung für Hannelore wusste, sie oft genug mit eigenen Augen wahrgenommen hatte. Deswegen hatte sie Hannelore auch nie gemocht, eher nur toleriert. Hannelore fühlte sich von ihr sogar missachtet, aber ulkigerweise begann sich der Spieß zu drehen, seitdem Karl und Hannelore ihre Beziehung aufgebaut hatten. Allmählich stieg Hannelore in ihrer Achtung. Hannelore spürte es. Vielleicht lag es daran, dass Hannelore sich in ihrer Gegenwart instinktiv Karl gegenüber noch abweisender verhielt als vorher. Wahrscheinlich hatte somit seine Gattin die Angst vor Hannelore letztendlich überwunden und erkannte keine Gefahr mehr in ihr. Da hatte sie recht! Die Gefahr war gebannt, denn Hannelore besaß Karl bereits!

Eines Nachmittags verbrachte sie mehrere Stunden mit den Kindern in Karls Haus in der Gegenwart seiner Ehefrau. Hannelore fühlte sich ein wenig komisch, deplatziert, in einer unangenehmen zwielichtigen Lage. Während sie sich unter lautem Gelächter mit Gesellschaftsspielen amüsierten, war Karls Frau in der Küche mit Marmeladekochen beschäftigt. Sie genossen den Nachmittag echt, so echt, dass Karls Ehefrau, die zwischendurch mit Kaffee, Saft und Kuchen aufwartete, auf diese einträchtige Heiterkeit angenehm überrascht reagierte. Man sah es ihrem zaghaften Lächeln an, dass die herrschende Harmonie der Seelen sie beeindruckte. Sie musste nun merken, dass abgesehen von einer physischen Anziehung auch eine tiefer sitzende Eintracht herrschte. Diese schien sie früher nicht erahnt zu haben. Der Nachmittag wurde auch von den Kindern als Erfolg gewertet.

Als sie sich Monate davor zufällig bei einer Theateraufführung begegnet waren, kam Karl auf Hannelore zu und küsste sie kameradschaftlich auf beide Wangen. Seine

Frau, die daneben stand, bemerkte in einem neckischen Ton: *„Und das vor meinen Augen!"* Da hatte sich Hannelore nicht verkneifen können zu antworten: *„Hinter Ihren Augen geschieht eh nichts!"* Sie hatte es eigentlich vergewissernd gemeint; Karls Frau brauchte sich nicht zu sorgen, denn bei jener Gelegenheit war noch nichts zwischen ihnen beiden vorgefallen. Im Nachhinein fragte sie sich aber, ob Karls Frau es nicht vorwurfsvoll gemeint hatte, ob sie ihm nicht andeuten wollte: *„Tu doch endlich etwas! Werde aktiv! Worauf wartest du denn noch!"*

Bei einem anderen Anlass hatte sie das Ehepaar auf einer Party angetroffen, zu einem Zeitpunkt, als sie schon mit Karl zusammen war. Am späten Abend, als sich Hannelore gerade intensiv mit Karl unterhielt, erschien seine Gattin in fröhlicher Stimmung und rief aus: *„Na endlich finde ich dich, Karl!"* Nochmals konnte Hannelore sich nicht zurückhalten und erwiderte: *„Aber Sie hätten es doch wissen müssen, Sie hätten ihn bei mir suchen müssen!"* *„Na klar!"*, antwortete die unwissende Ehefrau im gleichen scherzhaften Ton. Hier hatte Hannelore waghalsig die Flucht nach vorn unternommen, wodurch sie jeglichen Verdacht auszuräumen hoffte, was ihr auch gelang.

Hannelore brauchte nicht Hellseherin zu sein, um Karls Gefühle für seine Frau richtig zu deuten. Er liebte sie, bewunderte sie, himmelte sie an. Was also blieb für Hannelore übrig? Er bewunderte sie vielleicht auch ein wenig, sah aber wohl eher die Frau in ihr, ihren Körper, ihre Frische, ihren Busen, ihre Wollust. Aber nicht einmal diesbezüglich war sie sich sicher, denn er äußerte sich kaum darüber. Meinte er es wirklich ehrlich, wenn er zu ihr sagte: *„Ich habe solch eine Sehnsucht nach dir!"* Repräsentierte sie vielleicht nur seine Sucht? Schlimm war es, wenn sie ihn das Wort *„Sehnsucht"* in anderen Zusammenhängen im Gespräch mit Fremden aussprechen hörte, dann fühlte sie sich auf die gleiche Ebene gestellt wie diese ihm in Wirklichkeit ziemlich gleichgültigen Menschen. Oder wenn er ihr sagte: *„Ich bin so froh, dich* *kennen gelernt zu haben!"* Wie sollte sie es verstehen? War er glücklich, weil er auf diese Weise eine Geliebte gefunden hatte? Oder bedeutete ihm ihre Bekanntschaft als solche schon viel? Sie wurde aus seinen Bemerkungen nicht schlau, obwohl er ihr gegenüber immer wieder betonte, ohne gefühlsmäßige Bindung könne er kein Verhältnis zu einer Frau aufbauen. Das hieße nun wiederum, dass er etwas für sie empfinden musste. Aber in welchem Maße, das war für Hannelore noch ein großes Fragezeichen. Und wie stand es um sie selber? Sie fühlte sich immer mehr an ihn gebunden, zu ihm hingezogen, würde aber nie behaupten, sie wolle mit ihm leben, Robert für ihn verlassen. Deswegen verstand sie ihn im Grunde genommen doch, verstand, dass auch er nicht seine Lebensweise für sie aufgeben wollte, dass sie zwar einen willkommenen Zusatz, einen Blumenstrauß in seinem vorgerückten Alter verkörperte. Nicht mehr! Er musste sich auch durch Robert geschlagen fühlen, denn sie hatte zu ihm gehalten, als er für einige Tage verreist war und ihre Treue verlangt hatte.

Im Allgemeinen fühlte sich Hannelore in der Anwesenheit von Karls Frau unwohl; sie mochte dieses Spielchen nicht, obwohl sie nicht eine Freundin hintergangen hatte. Eine Beziehung hatte es ja zwischen den beiden Frauen nie gegeben, ganz im Gegenteil Abstand, keinerlei Aufforderung zu einer näheren Kontaktaufnahme, alles basierend auf eine versteckte oder einfach nur verdeckte Eifersucht. Somit versuchte Hannelore die Existenz von Karls Frau einfach zu ignorieren. Sie zog es vor, ihn abgekoppelt von seiner Gattin wahrzunehmen, obwohl ihr paradoxerweise vollkommen bewusst war, dass er mit seiner rechtmäßigen Partnerin glücklich war und nicht im Geringsten in Erwägung zog, sie jemals zu verlassen. Ebenso hatte er Hannelore einmal eröffnet: *„Du wirst ja Robert nie aufgeben!"* Er hatte also Hannelores Liebe und Glücksempfinden mit Robert genau beobachtet und registriert. Vielleicht hatte er sie gerade deswegen als Geliebte auserlesen; es musste eine sein, bei der auf beiden Seiten keinerlei Risiko eingegangen wurde,

Besitzansprüche auf den anderen zu erheben. Im Grunde waren beide solide. Deswegen schöpfte seine Frau auch keinen Verdacht: Sie erlebte nämlich seit Jahren Hannelore in einer glücklichen, einträchtigen Ehe mit Robert.

Eines stand fest: Karl war in Hannelores Leben eingedrungen; ohne ihn konnte sie nun nicht mehr leben. Sie brauchte ihn, obwohl ihr dieses Verb missfiel, abgenützt wie es war durch die vielen Songs! Und er schien es zu wissen. Woher nur? Durch ihre Blicke? Durch ihr geduldiges Warten auf ihn und ihr Zustimmen, wann immer er sich herabließ, in Erscheinung zu treten? Oder durch seine eigene Lage, sein eigenes Bedürfnis nach ihr? Sie wusste es nicht, konnte nur hoffen, dass es Letzteres war.

Ständig dachte sie an ihn, fühlte ihn um sich, in sich, in ihrem Innenleben. Sie konnte es nicht verhindern, dass ihre Gedanken unwillkürlich zu ihm wanderten – trotz ihrer Arbeit, trotz ihrer Beschäftigungen. Wenn sie sich dienstlich aus der Stadt entfernen musste, brannte sie nur auf ihre Rückkehr, auf ein Wiedersehen. Es machte sie wahnsinnig, ihn in der gleichen Stadt zu wissen, ihn aber dennoch nicht zu hören oder zu sehen. Wie ein Magnet zog er sie an. Und trotzdem wusste sie, dass sie nicht mit ihm leben oder er sie nicht tolerieren würde. Sie wäre ihm bestimmt zu unordentlich, lässig. Er räumte immer alles gleich wieder auf, sie würde es schon mal einige Zeit liegen lassen, was ihn stören würde. Und ihr würde seine Hetze und Genauigkeit missfallen. Seine Ordnungsliebe und Korrektheit sah man bereits seinem aufrechten, kerzengeraden Gang an. Auch an seinen Gesichtszügen konnte man seine Verbissenheit, seine Detailtreue ablesen. Hannelore dagegen war ungenau, fürs Laissez-faire geschaffen. Sie würden keine zwei Tage miteinander auskommen, dachte Hannelore bei sich. Oder würden sich gerade ihre Kontraste positiv auswirken? Sie bezweifelte es eher und obschon sie gerne mal ein Wochenende mit ihm verbracht hätte, fürchtete sie sich davor und war glücklich, dass solch ein Zusammensein nie zustande kam. Im Grunde war es auch nicht nötig, sie brauchten solche Erfahrungen nicht zu sammeln, sie würden ja eh nie zusammenziehen.

Als er sich wieder einige Tage lang nicht gemeldet hatte, war Hannelore sehr enttäuscht. Konnte es wirklich stimmen, dass die Situation für ihn immer schwieriger wurde, unbeobachtet den Kontakt zu ihr aufzunehmen? Wie oft hatte sie nun schon beschlossen, mit ihm endgültig Schluss zu machen, denn sie konnte die Schmerzen der Nichtachtung nicht mehr aushalten? Wie oft war sie nun wieder dahingeschmolzen durch einen neuen Telefonanruf seinerseits? Wie oft hatte sie nun schon keine Kraft gefunden, ihm zu widerstehen? Wieso kam es, dass er sich durch ein paar nette Worte die Tore wieder eröffnete, von denen er nicht vermutete, dass sie für ihn bereits verschlossen sein müssten? Wie oft hatte sie nicht schon eine Erleichterung gefühlt, die Sicherheit empfunden, diese Beziehung überwunden zu haben? Wie oft glaubte sie sich losgelöst, über den Berg und musste dann doch feststellen, dass sie ihm erneut waffenlos und wehrlos gegenüberstand? Wie oft hatte sie hingegen eine grenzenlose Befreiung summiert zu einer erwartungsvollen Freude über sein Erscheinen in sich aufkommen gefühlt? Sie war offensichtlich vollkommen in seinen Bann gezogen, unfähig sich loszueisen. Konkret konnte sie ihm nichts vorwerfen, sie hatte keinen Grund zum Streit oder zur Eifersucht. Jedes Mal warf sie ihre Vorsätze eines Bruches, der ihr unendliche Qualen zugefügt hätte, über Bord. Jedes Mal entwich der Druck, den sie auf sich lasten fühlte; ein Druck, den sie sich selbst durch ihre Ungeduld und ihr unerfülltes oder aufgeschobenes Sehnen erzeugte.

Und dann endlich kam der Tag, an dem sie zum ersten Mal die Worte: „*Ich liebe dich!*" aus seinem Munde zu hören bekam. Sie musste ihn wohl mit so überraschten, entsetzten und ungläubigen Augen angeschaut haben, dass er sie ihr noch einmal wiederholte: „*Ich liebe dich!*" Konnte das wahr sein? Nein, er mochte sie, ja, er hatte sie gern, hatte sie liebgewonnen, aber sie lieben, zumindest das Gefühl, das

Hannelore darunter verstand, empfand er mitnichten für sie. Warum bloß diese heiligen bedeutungsvollen Worte über die Lippen gleiten lassen? Hannelore hatte sie nicht zu hören verlangt, auch nicht unbewusst, sonst hätte sie, nachdem sie ausgesprochen waren, nicht auf diese entgeisterte, ablehnende Weise reagiert. Oder war es seine Art zu lieben, eine reifere, nicht so jugendlich-heftige, eine, die sie selber noch nicht erfahren hatte? Auf jeden Fall antwortete Hannelore nicht, sie ließ ihn einfach mit seinem warmen Geständnis stehen. Sie war nicht imstande, ihm die gleichen Worte zu erwidern, es wäre Lüge gewesen. So stark empfand sie noch nicht.

Nun begann Hannelore, ihn zu beobachten, Anzeichen, Beweise für diese neue Gefühlsrichtung suchend. Eines Abends, als Robert zu Karl sagte, dieser dürfe sie nicht mehr so oft besuchen, denn es könnte in der Nachbarschaft auffallen, da hatte Karl ihre Hand fest gedrückt, als wolle er sie nicht mehr loslassen, voller Angst, er müsse sie aufgeben, er würde sie verlieren. Einige Tage später spürte sie zum ersten Mal, dass er vollauf glücklich war. Sein ganzes Gesicht strahlte, als sie beide eng umschlungen, Körper an Körper, nackt, so dicht aneinander tanzten, als wollte sich jede einzelne Zelle ihrer Körper mit denen des anderen vereinigen. Offensichtlich intensivierten sich seine Gefühle für sie, vertieften sich merklich. Aber die wirkliche Wende trat erst Wochen später ein, als sie zufällig im gleichen Hotel eine Woche Skiurlaub verbrachten. Tagsüber liefen sie gemeinsam Ski, aßen anschließend am selben Tisch und trafen sich abends wieder zum Weingenuss nebst Kartenspielen. Obwohl Robert und die Kinder permanent anwesend waren, fühlte sich Karl sehr wohl unter ihnen, drang in diese harmonische Familie ein, als hätte er nichts mit dem Mann gemein, der Unruhe in sie brachte. Man sah ihm an, dass er dieses Zusammensein genoss, mit allen Mitgliedern zurechtkam, mit der kleinen Margaret sogar flirtete und dem großen Friedrich kameradschaftlich Ratschläge erteilte. Er infiltrierte sich als guter Onkel, er gehörte einfach zur Familie dazu. Für die Kinder wurde es selbstverständlich, dass er immer an ihrem Tisch saß, dass er fast pausenlos bei ihnen anwesend war. *„Nur, warum entstehen diese kleinen Streitigkeiten?"*, fragte Friedrich seine Mutter. Denn Robert und Karl begannen, über jede Kleinigkeit uneinig zu sein, aggressiv über Bagatellen zu debattieren, sodass Hannelore oft schlichtend, besänftigend eingreifen musste. Robert, der Stoiker, der behauptete, das Wort *„Eifersucht"* nicht zu kennen, war ernsthaft dabei, seine Bekanntschaft zu machen. Die Situation spitzte sich zu, das enge Zusammenleben zeigte seine gefährliche, ungesunde Seite. Was tun? Nichts, da am nächsten Tag Schluss war mit der Idylle, Retour in die Alltagswelt, in der die Pflichten eine Wiederkehr der Normalität bewirken würden; das separate Leben sorgte für die Wiederherstellung von Frieden.

Diese Woche aber war für Karl unvergesslich – Hannelore wusste es, weil er es ihr sagte; aber auch ohne seine Worte erkannte sie es. Er war verändert; er sprach zum ersten Mal davon, mit ihr alleine in Urlaub fahren zu wollen. Was für eine neue Erfahrung hatte er eigentlich gemacht? Er kannte ja Hannelore gut genug als Arbeitskollegin; ebenso in ihrer Rolle als Mutter hatte er sie doch reichlich beobachten können. In welcher hatte er sie aus der Nähe noch nicht erlebt? Als Gattin wohl! Hieß das nun, dass sie auch diese Prüfung bestanden hatte, dass er sie auch in dieser Rolle akzeptierte, für gut befunden hatte? Sie war eindeutig höher in der Stufenleiter seiner Achtung gestiegen.

Die Veränderung machte sich auch dadurch bemerkbar, dass er sie nun nicht mehr aus einem Pflichtgefühl heraus anrief, sondern mit Sehnsucht danach trachtete, sie zu sprechen. Die Heftigkeit seiner Gefühle trat offen zutage. Sie waren nicht mehr zu missdeuten. Hannelore fühlte sich Karl immer näher, als wäre sie endlich in seine Sphäre eingedrungen. Und sie wollte diese schöne Zugehörigkeit zu ihm nicht trüben, somit auch keine Eifersucht in ihm erwecken. Dennoch geriet sie einmal in solch eine peinliche Situation: Ihr Bekannter, Helmut, mit dem sie öfters Golf spielte oder

Ausstellungen besuchte, erschien – halbwegs unangemeldet – zu einem Abendmahl, zu dem Hannelore und Robert informell schon Karl eingeladen hatten. Daran war ja nichts auszusetzen, aber Helmut, der viel öfter Hannelore als Robert traf, verwickelte sie den ganzen Abend lang in Gespräche und sah sie dabei obendrein auch immerzu an. Hannelore war dies in Karls Gegenwart so unangenehm, dass sie des Öfteren mit niedergeschlagenen Augen auf ihren Teller sah und ihre Antworten so kurz wie nur möglich hielt. Sie war sich zwar sicher, dass sie für Helmut nur eine gute Bekannte darstellte, fürchtete aber, dass ein Außenseiter – hier Karl – ihr Verhältnis anders deuten könnte.

Immer wieder spürte Hannelore Gewissensbisse wegen ihrer Untreue. Dabei musste sie sich – wie so oft in ihrem Leben – zugestehen, dass sie ein wenig abergläubisch war. In gewisser Hinsicht genoss sie sogar dieses Gefühl. Einige Ereignisse in ihrem Leben brachte sie mit ihren Handlungen in Verbindung und sah sie als Schuldsprüche an. So verhielt es sich z. B. mit dem Tode ihrer geliebten Tante, mit dem Diebstahl des Autoradios, mit einer langwierigen Infektion am Fuße ihres Sohnes, mit den heftigen Kopfschmerzen, die sie jetzt ab und zu plagten. All diese Unpässlichkeiten brachte sie mit ihrem eigenen Vergehen in Zusammenhang, fürchtete sie, nahm sie aber geduckten Hauptes hin, denn sie stellten eine wohlverdiente Strafe dar. So viele Schicksalsschläge hatte sie gehäuft noch nie hintereinander erlitten. Sie erzitterte bereits ehrfürchtig vor den folgenden. Welche würden es sein? War denn keine Buße genug? Oder sollte sie etwa endgültig Schluss machen, damit diese Strähne abrisse?

Hannelores Sicherheitsgefühl sollte eh nicht lange währen. Es wiederholten sich die Tage, an denen Karl nicht anrief, kein Lebenszeichen von sich gab. Und Hannelore verzweifelte. Hatte sie etwas falsch gemacht, etwas Unpassendes gesagt? Lag der Fehler tatsächlich bei ihr oder musste sie sich einfach an die Situation gewöhnen, dass sie zweitrangig, die zweite Frau in seinem Leben war? Es war für sie sehr hart, diese Nebenrolle zu akzeptieren, vor allem weil er es nicht mehr nötig zu haben schien, sie zu umwerben. Sie fühlte mal wieder, dass sie nicht vorwärtskam in ihrem Verhältnis zu ihm, sie blieb immer wieder auf der Strecke. Und dabei verlangte sie ja nicht viel von ihm, nur jeden Tag seine Stimme am Telefon zu hören, um die Sicherheit zu haben, dass er an sie dachte, den Kontakt zu ihr ebenso nötig hatte wie sie selber. Sie fühlte sich machtlos, denn sie hatte ihm alles gegeben, was sie besaß: Unvergessliche intensive Nächte voller Zärtlichkeit und Gefühl. Wenn sie ihn damit nicht halten, nicht an sich ketten konnte, dann womit? Hannelore kannte die Antwort nicht. Sie stand wieder an der gleichen Stelle wie schon Monate zuvor: Sie musste ihn so nehmen oder ihn lassen. Letzteres schaffte sie nicht. Also wieder durch den Leidensweg mit einigen verstreuten glücklichen Stunden. Geduld, Geduld, Warten, Warten.

Manchmal bewirkte das Warten eine gewaltige Leere, Verlassenheit und eine so große Traurigkeit, dass sie um ihre Schönheit bangte, die sie benötigte, um ihn wieder an sich zu ziehen. Sie verspürte dann Angst unter die Menschen zu gehen, die ihren Kummer auf ihrem Gesicht ablesen würden, ja Liebeskummer vermuten, sie durchleuchten, ertappen könnten. Sie fühlte sich dahinschrumpfen, was sie auf jeden Fall verhindern wollte. Sie musste an all die Frauen denken, die sich in einer ähnlichen Lage befanden. Zuvor hatte sie sie verdammt und verachtet. Warum ließen sie sich in solche Affären ein?, pflegte sie früher zu reflektieren. Nun stand es anders. Nun verstand sie sie wohl, zählte eine mehr, gehörte zu ihnen. Sie wusste: Wer einmal eine derartige Situation mit wundervollen Glücksmomenten erlebt hat, schafft es schwer aus deren Bann wieder heraus. Sie konnte jetzt die Kämpfe nachempfinden, die ihre Freundin Anne Marie ausgestanden hatte. Wegen einer Romanze mit einem anderen, zwar freien Mann hatte sie ihre Ehe zerstört, obwohl der Lover sie kurzerhand verließ. Er hatte sie ganz einfach nicht heftig genug geliebt, vergaß sie schnell nach ihrer vollbrachten

Scheidung. Ihr wiederum wurde alles unwichtig: Das Haus, das sie mit ihrem Ehemann gekauft hatte und mit großem Verlust veräußert werden musste, die zwei Kinder, die jahrelang durch die Trennung der Eltern würden leiden müssen. Hannelore war damals entsetzt gewesen, als Anne Marie ihr ihre Entscheidung mitteilte, vor allem, weil es zu dem Zeitpunkt klar war, dass der Geliebte kein Interesse mehr an einer Zusammenkunft, geschweige denn an einem Zusammenleben mit Anne Marie hegte. Nun verstand aber Hannelore endlich, welch außerordentliche Anziehungskraft dieser Mann auf ihre Freundin ausgeübt hatte. Nur verhielt sich Hannelore vernünftiger: Sie wusste, dass sie mit ihrem Liebhaber nicht zusammen leben könnte, dass sie ihren Alltag mit Robert teilen wollte. Anne Marie war leer ausgegangen, hatte beide Männer verloren. Hannelore wollte aber hingegen beide behalten!

Die Bank veranstaltete ein einwöchiges Seminar, an dem sowohl Hannelore wie Karl teilnahmen. Sie verbrachten eine herrliche Zeit zusammen und kamen sich sehr viel näher. Hannelore fragte sich, was er an ihr am meisten schätzte. War es die Tatsache, dass er in den Sitzungen ständig an der Seite einer zwanzig Jahre jüngeren, attraktiven, eleganten Frau saß inmitten von Kollegen, die sie alle gut kannten? War es, dass er sich an dem Eindruck ergötzte, mit dieser hübschen Gefährtin vor aller Augen zu stehen, er sich öffentlich zeigte, ohne dass jemand eine Ahnung oder noch weniger die Gewissheit haben konnte, dass sie Liebhaber waren? War es dieses prickelnde Gefühl, in aller Öffentlichkeit sein Geheimnis vorzuführen, es gleichzeitig aber für sich zu behalten? Er schätzte Verschwiegenheit, Taktgefühl, Zurückhaltung, zumindest beim weiblichen Geschlecht. *„Mir gefällt es nicht, wie sich diese Frau mit ihrem Busen an mich drückt, wenn sie mit mir spricht"*, hatte er Hannelore gestanden. Dabei hatte er doch eine Schwäche für schöne, große Brüste! Oder: *„Ich mag das nicht, wenn man vor den anderen seine wahren Gefühle zeigt."* Somit anerkannte er

74

gewiss Hannelores Diskretion. Sie hatte sich nie auf ihn gestürzt, ihn nie kompromittiert. Auf solch ein verschwiegenes Verhalten legte er Wert.

Es musste ihm bestimmt schmeichelhaft vorkommen, trotz seines fortgeschrittenen Alters, gerade solch eine anziehende Frau für sich eingenommen zu haben. Aber vielleicht erahnte doch jemand etwas von dem, was sich tatsächlich zwischen den beiden abspielte. Frau Mühlbauer, eine Arbeitskollegin, kannte Hannelore auch privat. Sie hatten gemeinsam einen Töpferkurs besucht. Die Dame war keine beliebte Persönlichkeit, denn sie war mit sich selber nicht zufrieden, geschweige denn mit den anderen. Sie war schlank, ja dürr, ihr Gesicht schmal, ausgelaugt. Eine Schönheit war sie wohl nie gewesen, im Gegenteil. Sie konnte es nicht ertragen, dass die Natur andere Wesen besser ausgestattet hatte als sie selber. Deswegen ging sie auf Abstand zu Hannelore, die sie sicherlich für ihr attraktives Aussehen beneidete. Und nun stellte sie sich ständig herausfordernd neben Karl, duzte ihn, bat ihn, er solle ihr ein Getränk oder sonstiges verschaffen. Sie benahm sich provozierend, obschon ihr Ehemann ebenfalls an den Arbeitssitzungen teilnahm. Aber blind schien sie trotz alledem nicht zu sein: *„Sag mal, Karl, du bist ja so fit! Wie kommt denn das? Treibst du Bodybuilding oder ähnliches?"*, fragte sie plötzlich. Hannelore wurde es taumelig. *„Ja, ja"*, antwortete Karl, der nicht auf den Mund gefallen war. *„Im Moment habe ich meinen Oberkörper noch mit Watte ausstaffiert, schau her, aber es kommt schon!"* Er lachte dabei verschmitzt und blickte Hannelore stolz an. Ja, er war verjüngt, hatte etliche Kleidungsstücke entsorgt und durch neue ersetzt, obendrein einen neuen Lebenselan gefunden. Frau Mühlbauer ließ nicht von ihm ab. Auf unergründliche Weise schaffte sie es immer wieder, neben ihnen aufzutauchen. Dann bemerkte Hannelore ihre Blicke auf sich gerichtet. Ihr Gesichtsausdruck wurde minutiös analysiert. *„Warum wohl? Hat sich diese gefährliche Hexe etwas zusammengereimt? Nimm dich vor ihr in acht,*

hatte Karl mich schon gewarnt!", folgerte Hannelore.
Nach Ablauf der Woche freute sich Hannelore auf das Wiedersehen in der Routine. Sie erhoffte sich – mit Recht, meinte sie, – mit Karl häufiger zusammenzukommen als früher. Sie tat, wofür sie sich nie hätte fähig gehalten. Sie fuhr einen Umweg, um an seinem Hause vorbeizukommen und festzustellen, ob er daheim war. Selbstverständlich ohne die Absicht, ihn aufzusuchen, nur um mit der Möglichkeit rechnen zu können, einen Blick auf ihn zu werfen. Außerdem führte sie nun ihr Weg öfter zu seiner Bankfiliale, um Lappalien zu erledigen, die sie sich nie herabgelassen hätte, persönlich in die Hand zu nehmen. Stets hatte sie diese Vorgehensweise stur gemieden, damit ja nie der Eindruck in ihm entstehen sollte, sie sei hinter ihm her. Aber nun unternahm sie alles Erdenkliche, um in seine Nähe zu geraten. *„Wenn man etwas für jemanden empfindet, kann man sich auch im Gewünschten zurückhalten"*, hatte er, der moderne Stoiker, zu ihr gesagt. Diese Worte waren der einzige Trost in ihren tristen Tagen. Oder waren gar seine Gefühle nicht stark genug?

Es loderte mal wieder innerlich in ihr; der Drang, von ihm zu hören, ihn zu treffen, war enorm. Sie war sich vollkommen sicher, dass er auch so empfinden musste. Aber nichts ereignete sich. Er rief – wie gezwungen, der Höflichkeit halber – selten an, erkundigte sich nicht danach, wann sie sich sehen könnten. Hannelore fühlte sich mal wieder wie vor den Kopf gestoßen. Was sollte diese Lauheit, dieses Abflachen seiner Gefühle? War es alles Schau gewesen? War sie dazu da, ein wenig Sturm in sein Leben zu bringen, wann immer er diesen für nötig oder angebracht hielt, um dann genauso stürmisch in Vergessenheit zu geraten? Ja, sie wurde bei ihren sporadischen Begegnungen in der Arbeit oder spärlichen Telefongesprächen ungehalten, denn sie wusste nicht mehr, wie sie ihn behandeln sollte, durfte. Sie litt und weinte schweigsam, bis sie in ihrer Einsamkeit und Verlassenheit wieder die Kraft geschöpft hatte, ihm gegenüberzutreten –

kalt und gefühllos erhaben! War es vielleicht dies, was er zu erreichen trachtete? Wollte er ihr ihren wahren Platz weisen, ihr Schranken setzen, die sie unerlaubterweise überschritten hatte? War sie ihm unheimlich geworden? *„Ja, ja, okay"*, sagte sich Hannelore, *„ich habe verstanden. Ich werde dir nicht zu nahe treten, nein, wenn es dir so gefährlich wird. Aber bitte, bring mich nicht wieder völlig durcheinander! Sag nicht Dinge zu mir, die du Stunden, Tage später nicht mehr empfindest! Äußere nicht Wünsche, die total vergänglich sind. Ich akzeptiere dich, wie du bist, aber unter der Bedingung, dass du konsequent bleibst! Ja, wenn du mich nur selten sehen willst, dann sag mir dies und nicht das genaue Gegenteil! Reiß mich nicht immer aus der Gleichgültigkeit in die allerhöchsten Sphären, um mich danach wiederum mit Unachtsamkeit zu übergehen, zu strafen! Ich trete dir nicht zu nahe, ich rufe dich eh nie an, komme nie bei dir vorbei, nein, ich verfolge dich nicht! Aber gönne mir die Seelenruhe, treib mich nicht in den Wahnsinn durch deine Gefühlsausbrüche; ich nehme sie nämlich ernst, genauso wie alles ernst und wahr ist, was ich dir sage. Lass sie weg, die Beteuerungen, ich brauche sie nicht, wenn sie kurz darauf versiegen werden. Sprich bitte nicht Worte aus, die du nicht halten willst! Bist du so betäubt, wenn du bei mir bist? Siehst du nicht mehr klar, wenn wir zusammen sind? Ist es das? Du, der doch so reif bist, oder meinst du, es gehöre dazu? Willst du nicht als geizig gelten mit wohlklingenden Worten, du, der du so großzügig bist? Wenn du wirklich so großherzig bist, dann bewahre mich, zerstöre mich nicht durch deine Inkonsequenz, durch dein Hin und Her, durch die Wechselbäder deines Verhaltens und deiner Gefühle mir gegenüber. Ich muss auch leben, atmen können, ersticke mich nicht, lass mir auch einen Raum, in dem ich mich ausbreiten kann. Verstehst du mich? Verschone mich, bitte! Ich bin schwach! Hilf mir! Sprich nicht! Sei ruhig! Es ist besser so!"*

Zehn Monate später

„Bestimmt kannst du dieses Gefühl in mir gar nicht verstehen, nicht nachempfinden. Frei sein, das heißt losgelöst, ja, das Gegenteil von gefangen sein! Früher fühlte ich mich angekettet, unfrei, eingeschränkt. Dabei kann man sich selbstverständlich auch wohlfühlen. Aber jetzt könnte ich fliegen oder zumindest springen und jauchzen! All dies klingt klischeehaft, aber es trifft zu! Ich fühle mich leicht, jeder zarte Lufthauch könnte mich davontragen! Ich bin nämlich erleichtert, erleichtert um das Bangen, um die Furcht, dich zu verlieren. Endlich bin ich so weit, das Alleinsein einem ambivalenten Verhältnis zu dir vorzuziehen. Ich stehe wieder auf meinen beiden Füßen fest auf dem Boden. Mein früheres Gehen kommt mir nachträglich wie ein Wanken vor. Ich habe mich wieder gefunden, mein Selbst, mein Gleichgewicht, mein Inneres. Es ist ein wundervolles Gefühl zu wissen, dass ich bei unserer nächsten Begegnung standhaft sein werde, dass ich dir werde gegenüber treten können, ohne zu zittern, ohne dass ein Schaudern meinen Körper durchläuft, kalt und souverän, wie irgendeinem anderen Manne auch. Ja, ich empfinde diese neue Haltung als Errungenschaft, als Fortschritt. Und es ist mir egal, was du dabei denkst, ob es dich verletzt oder gleichgültig lässt. Es geht mir nur um mich, um meine zurückgewonnene Seelenruhe, denn du hast es vielleicht gar nicht bemerkt, aber du hast mein Seelenleben ganz schön durcheinander gebracht! Das gehört nun alles der Vergangenheit an, jetzt kenne ich meinen Kurs und werde ihn eisern beibehalten. Für mich ist dies wichtig, denn ich kam eine Zeit lang nicht mehr zurecht; jetzt brauche ich aber nicht nach rechts oder links zu schauen, ich sehe meinen Weg klar vor mir liegen. Die Stürme sind vorbei, die Aufregungen auch. Mein Leben wird blasser aussehen, mag sein, dafür aber geruhsam, unkompliziert, gleichmäßig. Danach sehne ich mich momentan, das benötigt meine geschundene Seele. Von meinem Leiden wusstest du nichts, macht nichts, ist auch

besser so. Es gab Dinge, die ich dir trotz aller Intimität nicht mitteilen konnte. Irgendwo gab es eine Trennungslinie zwischen uns, hundertprozentig haben wir uns einander wohl doch nicht hingegeben. Es fehlte immer etwas zwischen uns, vielleicht wollte sich jeder von uns vor der totalen Aufgabe schützen.

Ob du nun anrufst oder nicht, spielt keine Rolle. Früher erfüllte mich ein Telefonat von dir mit Glück; heute lässt es mich kalt, so wie deine ganze Erscheinung auch. Ich sehe dich wie du wirklich bist. Ich frage mich, ob du dich tatsächlich in den letzten Monaten verändert hast oder ob ich dich durch eine verklärende Brille gesehen habe. Jetzt kommst du mir schal und witzlos vor. Wo ist dein Esprit geblieben? Oder habe ich ihn durch meine Gegenwart angeheizt? Kannst du in dieser kurzen Zeit dermaßen gealtert sein? Deine Anziehungskraft auf mich ist verschwunden. Dein Anblick wühlt mich nicht mehr auf, sodass ich mich frage, wie ich für diese Spukgestalt habe schwärmen können. Was habe ich an dir gefunden? Und deine jetzige Lebensweise kann ich nur verabscheuen. Wenn du nicht dabei bist, am Wagen etwas herumzubasteln, unterhältst du dich stundenlang mit dem Autohändler. Du schlägst deine Zeit auf die infamste Weise tot. Dann versuchst du dich mit mir über Fernsehprogramme zu unterhalten. Gibst Kommentare ab über irgendwelche Serien, die ich mir nie im Leben anschauen würde. Ich will dich nicht verachten. Dann müsste ich mich selber auch geringschätzen! Bitte reiß dich zusammen! Lass dich nicht so gehen! Streng dich ein wenig an, damit du respektiert und beachtet wirst! Aber im Grunde genommen ist mir auch all dies egal. Wichtig ist nur, dass ich mich von dir losgelöst habe, die Vergangenheit kann ich nicht mehr ändern, aber der Zukunft trete ich mit voller Zuversicht entgegen!"

Neue Möglichkeiten?

Mathilde wurde Witwe. Nachdem alle Unterlagen ausgefüllt und abgeschickt, nachdem die lästigen Formalitäten erledigt waren, begann die Zeit der Einsamkeit. Mehrere Freundinnen und sogar Freunde hatten sie ihr bereits beschrieben: Dieses mulmige Gefühl, wenn man nachhause kommt, die Tür aufschließt und weiß: Da ist niemand. Der Partner ist nicht mehr in dieser Welt! Niemand für eine Unterhaltung zugegen. Niemand da für den täglichen Austausch von Banalitäten. Ein harter Weg lag nun vor ihr. Aber in ihrem Bekanntenkreis existierten auch andersartige Fälle. Hier einige Beispiele:

Mit sechzig verlor Frau Schmidt ihren Ehemann. Nach einigen Monaten tauchte wie aus dem Nichts ein alter Bekannter auf. Schnell entdeckten sie die Gemeinsamkeiten und sie schmolzen zusammen zu einem unzertrennlichen Paar. Inzwischen war sie bereits zehn Jahre glücklich mit diesem Witwer liiert. Wie drückte sich noch mal ihre Tochter aus? *„Mama verliebt, ja verknallt zu sehen, das ist der Hammer! Dass es in dem Alter so etwas noch geben kann, ist doch herrlich!"* Die gleiche Bewunderung empfand Mathilde, allerdings vermischt mit einem Hauch von Neid. Ob dieser Idealzustand ihr auch bevorstand?

Frau Ebers hatte keine Annonce in die Zeitung setzen wollen. Mathilde insistierte: *„Du bist noch jung! Und möchtest du im Alter alleine sein? Kinder kümmern sich heutzutage nicht mehr um uns Alte! Mach schon!"* Die Auswirkung des ersten Inserats war eindeutig: Männer hatten anscheinend nur das Eine im Sinn! Frau Ebers: *„Siehst du? Geht nicht! Du weißt ja nicht, wie ekelhaft es sich anfühlt, als Freiwild betrachtet zu werden! Andere Männer wiederum sehen in dir die kostenlose liebevolle Pflegerin für die letzten Lebensjahre. Nein, danke!"* *„Probier es noch einmal. Hast halt Pech* *gehabt."* Und dann war er da, der blaue Prinz! Mathilde durfte zwei Jahre später Brautzeugin werden! Und auch eine Dekade danach ergötzte sie sich an dem friedlichen, harmonischen Umgang zwischen den Ehepartnern.

Adelheid hingegen agierte von vornherein ganz anders: Sie hatte in ihrer waghalsigen Art, trotz ihrer 70 Jahre, ein Foto von sich selbst im Bikini ins Internet gestellt. Natürlich besaß sie die entsprechende Figur und keinerlei Falten, sodass die Resonanz entsprechend groß war: Unzählige Männer, egal welchen Alters, antworteten voller Begeisterung und selbstverständlich mit eindeutigen Angeboten. Und ihre Reaktion? Entsetzen über das einfältige männliche Geschlecht! *„Wie kann man bloß so naiv sein!"*, kommentierte Mathilde Adelheids Verhalten. *„Du hast sie ja mit diesem Bild regelrecht herausgefordert. Du brauchst dich gar nicht zu wundern! So kommst du nicht an einen seriösen Partner."* Und Adelheid nahm sich diese Bemerkung zu Herzen, d. h. sie inserierte noch einmal, aber ohne jegliches Foto. Ihr war daraufhin Glück beschert: Sie fand einen ruhigen Witwer, mit dem sie auf ihre abenteuerliche Art nacheinander in verschiedenen Ländern zusammenlebte.

In einer Tischgesellschaft unterhielt man sich unter Witwen über das Witwendasein. Mathilde erwähnte Frau Schmitts Erfahrung und vor allem die Empfindung ihrer Tochter angesichts des „Verknalltseins" ihrer Mutter. *„Haben da Elianes Augen nicht soeben aufgeleuchtet?"*, fragte sich Mathilde erstaunt. Und Eliane erzählte bereitwillig: *„Ich habe vor einigen Monaten Anton kennengelernt. Mein Sohn hatte gemeint, ich solle nicht alleine bleiben, ich solle aktiv versuchen, jemanden zu finden. Also habe ich eine Anzeige in die Zeitung gesetzt, eine klitzekleine wohlgemerkt. Ich war erstaunt über die vielen Antworten. Dann begann der anstrengende Teil: Das Treffen mit den Männern. Ja, das ist schon mühsam! Man weiß nach einigen Minuten Bescheid: Der passt nicht zu mir, oder der interessiert mich überhaupt* *nicht. Der ist nicht mein Typ. Der ist ein Langweiler. Und so geht es wochenlang! Man muss sich aber die Zeit nehmen. Denn: Es lohnt sich im Endeffekt doch! Zumindest bei mir, bei uns. Wir haben uns sofort gemocht. Da ist gleich ein Funke übergesprungen, aber wir sind ja in unserem Alter vorsichtig. Also langsam! Wir trafen uns zu Spaziergängen, später dann zum gemeinsamen Kochen und zur gegenseitigen Hilfe in unseren Gärten. Ein Hin und Her. Und ja, ich würde behaupten, er ist in mich verknallt. Und ich? Ich gestehe, ich auch! Und nächste Woche geht es für vierzehn Tage nach Mallorca – verlängerbar. Mal schauen, wie es weitergeht. Haltet mir die Daumen!"* Und wer erschien in den nächsten Wochen, ja Monaten nicht zu den Damentreffen? Eliane! Sie weilte immer noch mit ihrem Liebsten auf Mallorca. Welch ein Glück für sie!

Nachdem Mathilde nun bereits ein Jahr alleine war, fing sie an zu grübeln. Vielleicht könnte auch bei ihr ein alter Bekannter die vorhandene Lücke schließen. Da war Richard. Er besuchte sie jedes Jahr. Zuerst pünktlich zu Emils Geburtstag, um die Mitte August. Dann verschob er mal aus geschäftlichen, mal aus gesundheitlichen oder sonstigen Gründen den Termin. Bis es zur Gewohnheit wurde, dass er die Alpen erst zu Beginn des Münchner Oktoberfestes überquerte. Zwei Fliegen auf einen Schlag, sozusagen. Aber warum nicht? Freude herrschte auf beiden Seiten und man genoss u. a. die Ausflüge zur *Wies'n.* Die Tage verliefen immer angenehm. Richard wusste, wie er sich nützlich erweisen konnte, und rückte einiges in Mathildes Computer zurecht. Der Inhalt ihres Geräts entwickelte sich nämlich stets von selbst zu einem bedrohlichen Chaos, da sie aus Furcht, auf die falsche Taste zu drücken, erforderliche Maßnahmen unterließ. Oder er half dabei, den Keller in Ordnung zu bringen, der durch die Anhäufung von entbehrlichen Sachen nicht mehr passierbar war. Vor seiner Ankunft stellte Mathilde mental eine Liste der Dinge auf, bei denen er behilflich sein könnte. Emil hatte im Laufe der Jahre schon stark abgebaut, sowohl geistig wie physisch. Richard bewies seine Treue, die auf seiner langjährigen Freundschaft zu Emil beruhte. Mathilde wusste genau, wie sehr Richard sie selber ebenfalls schätzte. So sehr, dass er sich nicht an sie herantraute. Auf ein einfaches Zeichen von Mathilde wäre er bestimmt herangeeilt. Er hatte ihr bereits von seiner erfolglosen Suche nach einer Lebensgefährtin erzählt. Auf Mathilde wirkte er zu weich, jegliche Anziehungskraft fehlte. Er sprach sie als Lebenspartner nicht an. Sie konnte den Grund ihrer Ablehnung nicht finden. Ein guter Freund sollte er bleiben, nicht mehr. Dabei hatte Mathilde immer gedacht, es sei einfacher, einen alten Bekannten zu akzeptieren, da dieser keine oder weniger „Leichen im Keller" besaß. Was konnte ein Unbekannter ihr alles vormachen? Wie sollte sie Wahrheit von Lüge oder Erfindung auseinanderhalten? Sie meinte, sie würde nie ein gewisses Unbehagen, Bedenken ausschließen können. Eine Vertrauensbasis zu einem „Neuen" aufzubauen, erachtete sie als äußerst schwierig.

Nicht dass alte Bekanntschaften eine Garantie für eine angenehme Zukunft wären. Denn Mathilde beobachtete die langjährig verwitwete Regine, die sich mit Wilhelm zusammentat. Seine mit Regine befreundete Ehefrau verstarb und Wilhelm fand in Regine einen angemessenen Ersatz. Eine gute Lösung für beide Parteien – könnte man denken. Aber die Realität sah dubios aus, obwohl Wilhelm seine Vaterpflichten Regines fünfzehnjährigen Sohn gegenüber sehr ernst nahm. Da war ein kleines Detail, das Mathilde nicht hätte erdulden können: Wilhelm bestand darauf, dass das neue Paar in sein Reihenhaus zog. Warum eigentlich nicht, könnte man meinen? Aber dies bedeutete, dass das neu zusammengefundene Paar inmitten der Dinge eines anderen Paares lebte, dass Regine tagtäglich mit den Möbeln, den Kleinigkeiten der Anderen konfrontiert war, mit all den wichtigen beziehungsweise unwichtigen Sachen, die ihren Mann ständig an die Verflossene erinnern mussten. Wie sollte Regine diese Gegebenheit ertragen? Für ihn stellten sie vielleicht einen

Trost dar, aber für die Neuhinzugekommene? Sie musste jeden Tag über die Vergangenheit der Ersten stolpern, sie überwinden und meistern. Keine leichte und angenehme Tätigkeit. Ein Horror in Mathildes Augen. Ob Regine es schaffte, langsam einzelne Teile des Hausstandes unauffällig zu entsorgen? Würde es ihr gelingen, sich zu befreien? Würde er es verstehen? Denn er erwähnte gerne, woher dieses oder jenes Stück stammte. Eine harte Arbeit, zusätzlich zu jener des Zusammenlebens zweier reifer, unabhängiger Personen.

Aufgrund all dieser Befürchtungen hatte Mathilde bereits zu Lebzeiten ihres Gemahls, sozusagen in guter Voraussicht, Ausschau nach einem Ersatz gehalten. Ihre Wahl war gedanklich auf den zu jenem Zeitpunkt noch nicht verwitweten Hans gefallen, ein ruhiger, ausgeglichener Charakter, mit dem man gut auskam. Aber Hans unternahm keinen Schritt in ihre Richtung, beantwortete ihre Nachrichten kurz und bündig, obwohl inzwischen beide frei waren. Hatte er kein Interesse an ihr oder an einer neuen Bindung oder war er gar schon eine andere eingegangen? Sie wusste keine Antwort, denn er lebte in einer entfernten Stadt. Dieser Traum war für sie ohne Tränenvergießen ausgelebt.

Bei Thomas hätte sie hingegen ein anderes Verhalten erwartet. Jahrelang hatte er sein Interesse an Mathilde bekundet. Wie? Indem er bei jeder sich bietenden Gelegenheit nach ihren Busen griff. Es war nicht zu leugnen, dass sie wie ein Magnet auf ihn wirkte, er sich nicht halten konnte oder zumindest wollte. Mathilde empfand ein wenig Angst vor ihm, sodass sie das Alleinsein mit ihm strengstens mied. Und nun, beide verwitwet, kam er auf sie zu? Nein. Er bot sich höflich an, jederzeit zu Diensten zu stehen, rief pünktlich zu ihren Geburtstagen an, aber damit hatte sich sein Einsatz für sie schon erledigt! Keinerlei weitere Schritte. Nicht dass Mathilde enttäuscht wäre, aber verstehen konnte sie den plötzlichen Sinneswandel nicht! War alles nur ein Spielchen gewesen?

Und wie stand es um Peter? Auch kürzlich verwitwet. Bei ihm hätte man denken können, er empfinde eine Erlösung, nachdem er seine Frau ein Jahrzehnt lang betreut hatte. Er wolle jetzt nichts mehr von Frauen wissen. Aber nein, das Gegenteil war der Fall! Er konnte es offensichtlich ohne weibliche Begleitung nicht aushalten. Er erzählte, er habe eine Bekanntschaft gemacht, die auch hin und wieder bei ihm übernachte, im Gästezimmer wohlgemerkt. Dann sei sie verschwunden. Und eine andere, die er von früher kannte, habe er angemacht, die habe aber nichts von ihm wissen wollen. Er gestand auch ein, der Putzfrau eine zusätzliche Stunde zu zahlen. Nicht etwa, weil er ihr mehr Arbeit auflud, nein, weil er sie höflich darum bat, bei einer Tasse Kaffee ein Schwätzchen mit ihm zu führen. Oh Gott! So einsam und verlassen fühlte er sich! Er habe dem Sohn vorgeschlagen, das Häuschen in dessen Garten auf seine Kosten herzurichten, damit er dort wohnen könne. Höfliche Absage! Nein, er sei jederzeit willkommen, aber sich beim jungen Paar häuslich niederlassen, nein, das bitte nicht! Die Zeiten der Großfamilie, auch eine mit einem gewissen Abstand, sind endgültig vorbei! Somit klingt es nicht verwunderlich, dass er auch bei Mathilde sein Glück versuchte. Sie könnten doch gemeinsam in der Nähe essen oder spazieren gehen, was sie auch gelegentlich unternahmen. Dabei stellte sich heraus, dass Peter gesundheitlich schon sehr angegriffen war, hier eine Herzgeschichte, dort ein Bandscheibenvorfall usw. Er war der fitten Mathilde klar unterlegen. Und auf dem sozialen Feld hatte er die Freundschaften in der Zeit der Pflege seiner Frau vollständig vernachlässigt, konnte sich kaum aufraffen, etwas zu unternehmen. Hingegen war Mathilde häufig unterwegs. Peters deutliche Annäherungsversuche wies sie taktvoll zurück. Er merkte ohnehin, wo er stand, dass Mathilde eine klare Demarkationslinie gezogen hatte: Freundschaft ja, mehr aber nicht.

Auch Jonas war verwitwet. Auch er hatte seiner kranken Ehefrau über ein Jahrzehnt lang tatkräftig Unterstützung geboten. Auch mit diesem Ehepaar verband sie eine vierzigjährige Freundschaft. Kaum lag Evelyn unter der

Erde, meldete sich Jonas telefonisch. Mathilde war überrascht. Sollte man nicht auch im 21. Jahrhundert eine gewisse Trauerzeit einhalten? Unmittelbar einen Ersatz suchen - gehörte sich solch ein Verhalten? *„Eventuell denke ich zu schnell. Eventuell sucht er nur Unterhaltung in unserer gegenwärtigen Einsamkeit."* Was sie aber auch feststellte, war, dass er sich seiner selbst, d. h. seines Erfolges bei ihr sicher fühlte. Hierin täuschte er sich dennoch gewaltig! Wie kam er eigentlich auf diesen Gedanken? Er war ein erfolgreicher Manager gewesen. Diese Zeit lag aber in Mathildes Augen schon lange zurück. Sie zählte kaum noch. Und im Gegensatz zu Peter, Thomas oder Richard hatte sie bei ihm nie das Gefühl gehabt, irgendwie attraktiv auf ihn gewirkt zu haben. Aus welchem Grunde dieser Wandel? Gab es keine andere Frau in seiner Umgebung, auf die er hätte zurückgreifen können? Sie blieb höflich, unterhielt sich eingehend mit ihm, wollte dem frischen Schmerz nicht noch einen weiteren der Nichtachtung hinzufügen, aber Interesse an ihn, nein, das hatte sie nicht.

Es war anzunehmen, dass es keinen der erwähnten Betroffenen so erging wie dem Held, Peter Randall, in John Steinbecks Erzählung *„Der Panzer"*. Als der fünfzigjährige Randall Wittwer wird, nimmt er sich vor, alles zu unternehmen, woran seine Ehefrau ihn zu ihren Lebzeiten gehindert hatte. Er pflanzt also auf seinem gänzlichen Acker Platterbsen an, die ihn stets aufgrund ihrer Farbigkeit und vor allem wegen ihres intensiven Geruchs fasziniert hatten. Dass diese Hülsenfrucht äußerst empfindlich ist, dass ihr Anbau stärker als andere Gemüse- oder Getreidearten von der genauen Regenmenge und dem exakten Zeitpunkt des Niederschlags abhängt, ist den Bauern der Region bekannt. Randall geht das Risiko eines eventuellen Totalverlustes der Ernte dennoch ein, nur um seiner toten Ehefrau zu trotzen, um endlich seinen eigenen Willen durchzusetzen. Am Ende der Geschichte gesteht er seinem Freund Ed Chappell, dass er die Pflanzung doch nicht habe genießen können, einerseits aus berechtigter Angst vor einer Missernte, aber vor allem, weil er ständig seine Emma um ihn herum spürte, ihm ihre Vorwürfe im Nacken saßen, sie eigentlich nicht richtig gestorben sei. Er verstehe nicht, wie sie das anstelle. Oh Jammer! Derweil ging Mathilde davon aus, dass ihre Freunde nicht einem solchen Spuk erlagen, dass sie sich von Einschüchterungen und Befehlen ihrer inzwischen verstorbenen Lebenspartnerinnen entkoppelt hatten. Auch Mathilde selber spürte sich frei von jeglicher Überwachung durch ihren verschiedenen Ehemann. Der häufig zitierte Satz: *„Das hätte mein Mann so gewollt. Dem hätte er zugestimmt."*, galt mitnichten in ihren Augen! Denn sie betrachtete ihn im Gegenteil als eine Einengung, eine nicht tolerierbare Einmischung in ihr Leben. Die Personen, die diesen Satz aussprachen, lebten mit einem Phantom weiter. Vollkommen inakzeptabel für Mathilde. Sie hatte alle Ketten abgelegt und verspürte deswegen keinerlei Gewissensbisse. Es bedeutete nicht Untreue gegenüber dem Toten, auch nicht Liebesentzug. Sie betrachtete es als ihr Recht, einen neuen Lebensweg für die ihr hoffentlich im Glück zustehenden letzten Jahre einzuschlagen. Nicht mehr und nicht weniger. Genau so hatte es sich ein berühmter Mann für seine jung verwitwete Ehefrau gewünscht. Alma Mahler-Werfel gibt dessen Anweisungen in ihrer Autobiografie „Mein Leben" bekannt. Sie habe nach Gustav Mahlers Tod *„keine Trauerkleider"* getragen *(denn Gustav Mahler hatte es sich verboten, „daß ich etwas für die Herren Nachbarn tun solle", wie er im Testament geschrieben hatte, und ich „möge Menschen sehen, Konzerte und Theater hören." Das war sein Wille gewesen)."* Eine sehr moderne, nachahmenswerte Auffassung! Alma Mahler nahm sich seine Anordnungen sehr zu Herzen und heiratete noch zweimal!

Inzwischen war Mathilde zu dem Schluss gelangt, dass ihre alten Bekanntschaften keine Lösung gegen ihre Einsamkeit darstellten, und sie beschloss, die Option der herkömmlichen Zeitungsanzeige in Angriff zu nehmen. Ihr Sohn hatte sie schon gewarnt, diese Suche sei ein Vollzeitjob, etwa mit der einer Stellensuche vergleichbar. Dazu sollte es bei

Mathilde hoffentlich nicht kommen! Sie begann damit, die Anzahl der männlichen Inserate denjenigen der Frauen gegenüberzustellen. Erste Enttäuschung! Natürlich suchen viel mehr Frauen einen neuen Lebenspartner als umgekehrt! Weil Frauen länger leben? Weil sie generell aktiver sind? Also stehen die Chancen für die Männer wesentlich günstiger als für die Frauen. Inhaltlich unterschieden sich die weiblichen von den männlichen Texten kaum: Immerzu werden die persönlichen guten Eigenschaften hervorgehoben und die an den Partner gestellten Ansprüche ebenso akkurat aufgezählt. Mathilde machte sich trotzdem daran, erst mal auf Annoncen von Männern zu antworten. Lange Beschreibungen von sich selbst wollte sie nicht an Unbekannte versenden, also hielt sie sich kurz. Sie ging auf die von den Herren beschriebenen Wesensmerkmale ein, komplementierte sie mit ihren eigenen zu ihnen passenden Vorlieben. Fünfmal verschickte sie die Briefe an die Zeitung. Zuerst wohl an die falsche Adresse, denn diese stand bei den Anzeigen nicht dabei, nur die Chiffre, aber im Internet besaß diese große Lokalzeitung mehrere postalische Anschriften. Da sie keinerlei Antwort auf ihre Schreiben erhielt, rief sie endlich bei einer der Telefonnummern der Tageszeitung an. Die richtige Adresse wurde ihr mitgeteilt, aber ebenso, dass die Briefe dennoch bestimmt an die angegebene Chiffre weitergeleitet würden. Nichtsdestotrotz: Kein einziger der Adressaten meldete sich zurück! Sie hatte offensichtlich bei keinem von ihnen das Interesse für sie erwecken können. Was sollte dies bedeuten? Erhielten die Männer so viele Briefe, dass sie gar nicht die Zeit hatten, allen Damen zu begegnen? Pickten sie sich nur die hübschesten, jüngsten heraus? Schrieben ihnen einige Damen seitenlange Romane, die sie in Begeisterung versetzten? Würde sie nun einen Kurs in Antwortschreiben auf Bekanntschaftsannoncen belegen müssen? Was hatte sie nur falsch gemacht? Sie beschloss daraufhin selber eine kleine Anzeige aufzugeben. Es war ihr klar, dass sie ihr Leben in ihre eigenen Hände nehmen musste. Von den Kindern und den heranwachsenden Enkeln konnte sie nur eine vorübergehende, keine endgültige Hilfestellung gegen ihre Vereinsamung erwarten. Das war auch richtig so, sie wollte sich niemandem in den Weg stellen. Wahrscheinlich wären ihre Nachfahren sogar glücklich, entlastet bei dem Anblick der Mutter, der Großmutter, in netter männlicher Begleitung bzw. Obhut. Die Mama in anderen Händen, eine Sorge weniger, ein Problem weniger, zumindest solange die Gesundheit des neu gefundenen Paares andauerte. Dass ihre Kinder sie lieber heute als morgen geborgen wissen wollten, das war ihr klar. Wie aber würden die Enkel, vor allem jene beiden in der Pubertät, den Anblick der alten Oma mit einem ebenso alten Partner am Arm verkraften? Würde sie Entsetzen, vielleicht sogar Ekel überkommen? Ihre Reaktion konnte sich Mathilde nicht genau vorstellen, denn was geht im Kopf eines Jugendlichen vor? Die Eltern müssten sie eventuell vorbereiten, bearbeiten. Der Erfolg: ungewiss. Ein schwieriges Kapitel. Und wenn nach einer gewissen Zeit das Paar doch auseinanderdriftete? Könnte sie nachher nochmals mit einem neuen Partner in Erscheinung treten? Alles nicht so einfach zu bewältigen, wenn man das Gesicht, sein Ansehen bewahren wollte.

Mathilde schämte sich ein wenig oder vielleicht sogar sehr. Sie traute sich nicht, Freundinnen über ihre Aktion in Kenntnis zu setzen. Wie würden sie sich aufführen? Da war Fredericke, soeben plötzlich verwitwet. Immer dem Weinen nahe. Untröstlich. Konnte das schnelle Ende ihres Gatten nicht verstehen, nicht ertragen. Obwohl seine unzähligen Krankheiten bei jeder Begegnung stets Erwähnung gefunden hatten. Aber die Idee an die Folge davon, an den Tod, die hatte sie nie gedacht, sich mit ihr nicht auseinandergesetzt. Sie, die eine hohe Meinung von Mathilde hatte, ihre Ratschläge achtete und versuchte zu befolgen, sie hätte bestimmt ungläubig, erstaunt, wenn nicht enttäuscht oder gar entsetzt auf Mathildes Geständnis reagiert, sie suche aktiv einen Ersatz, sie gebe sich im Gegensatz zu ihr nicht mit Erinnerungen, mit der Vergangenheit zufrieden. Denn genau so war es: Fredericke schwelgte in der Rückschau, gedachte immerfort der glücklichen Momente mit ihrem Ralph. Gleichzeitig gestand sie aber, ihn eigentlich erst nach beider Pensionierung richtig kennengelernt zu haben. Als sie noch arbeiteten, hatten sie kaum Zeit füreinander gehabt, abgelenkt durch die Erschöpfung nach einem langen, ja viel zu langen Arbeitstag. Also die Feinheiten seines Charakters, seine Liebenswürdigkeit, seine Güte, seine Hilfsbereitschaft, seinen Humor, sein Verständnis für ihre Probleme, seine Aufgeschlossenheit jenen der Welt gegenüber, all das besonders Wertvolle in ihm entdeckte sie erst in den letzten fünfzehn gemeinsamen Lebensjahren. Und nun hatte er sie einfach verlassen, hatte im Krankenhaus die Schläuche von sich gerissen, sich geweigert, fortan von der Medizin Gnaden und in ihrer Abhängigkeit zu leben. Ohne Fredericke zu konsultieren, ohne sie in sein Geheimnis einzuweihen, dass er genug habe von den wiederholten Einweisungen in eine Klinik, von der Einnahme der unzähligen Medikamente, ja, schlussendlich von der ständigen Todesangst! Für Fredericke eine plötzliche, nicht kongruente Vorgehensweise, denn zu ihr hatte er kein Wort über seine wahren Gefühle, über sein Burn-Out bezüglich dieser ärmlichen, dahinsiechenden Lebensweise geäußert. Aber hätte sie dies nicht etwa erraten, erfühlen können? Wenn sie dermaßen intim miteinander verkehrten, wieso hatte sie ihn nicht durchschaut? Bleiben stets verborgene Ecken in jedem von uns, die wir auf keinen Fall preisgeben wollen? Die einzige Erklärung, der einzige Trost.

Und Frederickes Fall erinnerte Mathilde an ihre Tante Sylvia, die ihre Wut lange Zeit nicht unterdrücken konnte. Sie verkraftete es nicht, dass ihr Ehemann ganz friedlich in der Nacht im Ehebett neben ihr liegend eines Herzinfarktes erlag. Ohne dass sie selber irgendetwas bis zum nächsten Morgen bemerkt hätte. Als er, auf ihre Aufforderung aufzustehen, nicht reagierte, geriet sie erst mal in Panik. Und dann, sobald der Arzt ihre Befürchtung bestätigte und keine Rettungsmaßnahme ergriffen werden konnte, da brach Rage in ihr hervor. „*Wie konnte er mich alleine zurücklassen? Einfach so! Wir waren schon 55 Jahre verheiratet! Und er geht, wortlos, ohne Ankündigung, ohne Absprache! Das ist purer Egoismus! Unverzeihlich! So etwas gehört sich nicht!*" Wo blieb nur ihr katholischer Glaube? Abgesehen davon, dass niemand oder fast niemand selber die eigene Todeszeit, geschweige denn die Todesursache bestimmen kann. Zorn war ihre Art und Weise, Herr über ihren Schmerz zu werden. Jeder von uns geht seinen eigenen Weg.

Erika hingegen ist jung verwitwet, mit nur vierzig Jahren und fünf heranwachsenden Kindern, Gott sei Dank in einer abgesicherten finanziellen Lage. Ihr Mann, ein verwegener Raser, hatte diesen Autounfall im Gegensatz zu den vorhergehenden leider nicht überlebt. In einer unübersichtlichen Kurve überholte er und geriet frontal mit einem unschuldigen Lastwagenfahrer zusammen. Erika blieb keine Zeit zum Trauern! Sie musste die Kinder versorgen, die Lebenden. Aber auch sie machte Bekanntschaft mit dem Gram, als sie bei Durchsicht der Urkunden den Besitztitel eines Strandhauses fand, das ihr Gatte zwei Jahre zuvor erworben hatte, so ganz nebenbei, ohne sie zu unterrichten. Sie fand einen Schlüssel, der tatsächlich in das Schloss passte. Und was erfuhr sie von den Nachbarn? Er hätte alle zwei Wochen dort eine Nacht mit seiner Ehefrau verbracht, „*übrigens, eine reizende Person*", lautete der Kommentar. „*Aber die rechtmäßige Frau Gemahlin bin doch ich!*", platzte es unversehens aus Erika heraus. Wie beschämend, auf diese Weise die Existenz einer Geliebten zu erfahren! Nicht verwunderlich, dass sie dieses Häuschen umgehend verkaufte, um somit das Ungemütliche, Unaussprechliche, Schmerzende sozusagen ungeschehen zu machen.

Derweil vergaß Mathilde nicht ihr Ziel, der Einsamkeit zu entrinnen. Elizabeth, eine ihrer intimsten Freundinnen, hätte vielleicht eingreifen, d. h. Verkupplungsversuche unternehmen können. Sie besaß einen riesigen Bekanntenkreis. Darunter befanden sich mit Sicherheit auch einige Witwer.

91

Obendrein schätzte sie Mathilde sehr. Also warum sie nicht zu einem Abendessen, zu einem Ausflug mit einladen? Kam sie gar nicht auf den Gedanken? Oder bereitete ihr solch ein Unterfangen zu viel Mühe in ihrem hektischen Leben? Ihr erzählte Mathilde von ihrem Vorhaben, bat sie um Unterstützung in der Verfassung eines Textes. Ja, dazu war Elizabeth sofort bereit, sogar Feuer und Flamme, unterbreitete Vorschläge, blühte auf, überaus energisch und dynamisch – ganz ihre Art -, war nicht mehr zu bremsen. Warum dann nicht auf eine andere Weise eingreifen, indem sie Mathilde direkt möglichen Kandidaten vorstellte? Enttäuschung überkam Mathilde. Hörte Elizabeth nicht ihr Flehen, fast schon ihre Verzweiflung? Obwohl sie nun eingeweiht war, obwohl sie nun von Mathildes Eroberungszug wusste, unternahm sie immer noch nichts. Dabei hatte Mathilde sie gerade deswegen an ihrem Plan teilhaben lassen, damit sie keine Ausrede mehr hatte, damit sie konkret informiert war, dass Mathilde nichts gegen einen Vermittlungsansatz haben, ihn im Gegenteil sogar begrüßen würde. Dennoch kam nichts, keine Einladung, kein Stelldichein.

Anders verhielt es sich mit Solveig. Sie war ein feinfühliger Mensch, belastet mit einem kranken Mann und an Krebs leidenden Freunden und Freundinnen. Sie wusste, was Leid bedeutete, ausmachte. Sie sah sich selber vielleicht in der - ach zu nahen Zukunft - in einer ähnlichen Situation wie Mathilde, d. h. alleine! Sie unternahm einen kleinen Versuch: Sie lud den kürzlich verwitweten Reinhold samt Mathilde zum Abendessen ein. Sehr gelungen war die Konversation nicht, denn die Unterhaltung kreiste um Reinholds Kinder, sein verronnenes Leben in den USA, gemeinsame Erlebnisse der Anwesenden; Mathilde fühlte sich ausgeschlossen, nicht mit einbezogen, sie stand den ganzen Abend außerhalb. Kein gelungener Anfang. Aber bald würde sich die zweite Gelegenheit, die zweite Chance bieten, denn zu Solveigs Geburtstagsfeier war auch Reinhold geladen. Geradewegs anziehend fand Mathilde ihn nicht, aber sie entschuldigte ihn damit, dass seine Wunden noch zu frisch waren. Ob die heilende Zeit ihn in ein besseres Licht rücken würde? Sie bezweifelte es, aber die Mühe, ihn näher kennenzulernen, würde sie auf sich nehmen. Schon aus purer Dankbarkeit Solveig gegenüber, die ja Reinhold in langjähriger Freundschaft verbunden war.

Und wie würde Franziska, Mathildes jüngere Schwester, ihr Erscheinen mit einem Verehrer im Gefolge auffassen? Welchen Empfang würde sie ihr bereiten, was denken, was hinter ihrem Rücken murmeln? Bejahen oder verteufeln? Inwieweit stand ihr eine Be- oder Verurteilung überhaupt zu? War es nicht alleine Mathildes Entscheidung? Es ging um ihr Leben, um ihren Alltag, um den sich die anderen keine Gedanken mehr machten, sie, die noch in Zweisamkeit oder in Familienkreisen lebten. Ja, für sie war es einfach, Verdikte zu fällen aus der gemütlichen Sicherheit, aus der sie einwickelnden Geborgenheit heraus. Aber Tage können lang werden trotz vielfältiger Aktivitäten, trotz Erweiterung der Beschäftigungsfelder, trotz Erfinderreichtums und Entdeckung neuer Betätigungsmöglichkeiten; der Abend oder der Morgen im Alleinsein folgen dennoch.

Mathilde wusste, dass es für sie - wie auch immer - kein Entkommen vor der Nachrede geben, dass diese sie treffen würde. Vielleicht würde die neue Bekanntschaft den Bruch mit einigen alten Freunden bedeuten, vielleicht würde der eine bzw. die andere unter ihnen die Nase rümpfen, d. h. was auf der einen Seite einen Gewinn brächte, könnte genauso gut auf der anderen einen Verlust bewirken. Kommt Zeit, kommt Rat, sagte sich Mathilde pragmatisch. Was sollte sie sich im Vorhinein Gedanken machen, sich ärgern oder traurig werden, wenn noch kein einziger Mann ein Treffen mit ihr vereinbart hatte! Diese Zukunftsängste sollten sie nicht an der zu vollbringenden Tat hindern. Sie musste erst mal vollbracht werden! Die wenigen Sätze für die Annonce gingen ihr schon tagelang, eher wochenlang im Kopf herum, änderte, korrigierte sie mental. Das war auch gut so, denn sie gelangte zu dem Schluss, dass einige Eigenschaften gar nicht so wichtig waren. Z. B. hatte sie sich überlegt, ihr Partner müsse praktisch genauso sportlich sein wie sie selber. Aber wieso eigentlich? Sie brauchte ja niemanden für die Bergwanderungen oder die Radtouren, da sie eh Teilnehmerin einer Gruppe war. Und ihr Ehemann, der hatte auch nur mürrisch an derartigen Exkursionen teilgenommen. Der neue Partner sollte halt nicht zu träge sein, gewillt, etwas zu unternehmen, d. h. kein Stubenhocker sein. Eines Tages schritt sie endlich zur Tat, schrieb den Text im Internet nieder, drückte den Button „senden" und ab ging die Post. Aber welche Überraschung am nächsten Morgen, als ein Telefonat von der Zeitung kam, nein, kein Kandidat, die Anruferin sehr freundlich: „*Ihre Annonce, wollten Sie sie tatsächlich unter der Rubrik „Heiraten" unterbringen oder letztendlich doch nur unter „Bekanntschaften Sie sucht Ihn"?*" Und Mathilde sah ihr Versehen ein – wie vielen Inserenten war wohl schon ein ähnlicher Fehler in der Eile, durch die Nervosität, unterlaufen? Wie vielen hatten die Angestellten bereits unter die Arme greifen müssen? Mathilde bedankte sich bei der Dame für ihre Mitwirkung, für ihr Eingreifen, ihre Errettung aus dem nochmaligen Nichts, aus dem Ausbleiben von Antworten. Jetzt musste sie also nur noch warten bis zum folgenden Wochenende, an dem das Inserat publiziert würde, und dann, ja, dann würde das Warten erst losgehen, denn die Antworten der Interessenten würde der Verlag ihr zuschicken. Jeden Tag zum Briefkasten laufen, die Erwartungshaltung, wie viele Antworten heute? Wie viele gehen direkt in den Mülleimer, wie viele Illusionen kann ich mir machen? Nur einen brauchte sie, einen einzigen. Würde er darunter sein? Oder würde sie sich einen neuen Text ausdenken, sich vielleicht doch in letzter Instanz an die ständig im Fernsehen gepriesenen Spezialisten auf diesem Gebiet wenden müssen? Tage voller Spannung lagen vor ihr, vielleicht amüsante Tage bzw. Texte oder Personen. Sie freute sich – mit gemischten Gefühlen.

Die Antworten trudelten langsam ein, nicht gerade

viele, im Ganzen kam etwa ein Dutzend zusammen. Die meisten taugten überhaupt nichts. Der Grund? Sie waren allgemein verfasst, bezogen sich nicht auf den Inhalt ihrer Anzeige. Briefe, die lieblos, für den Fall der Fälle geschrieben waren, ohne große Hoffnung, geschweige denn Zuversicht, dass der ideale Partner auf diese Weise gefunden werden konnte. Manchmal begleitete ein Foto das Schreiben, manchmal beinhaltete es die komplette Adresse und sämtliche Telefonnummern des Schreibers. Ob sie stimmten, danach fragte Mathilde nicht. Einige wirkten aufdringlich in der Beschreibung der guten Eigenschaften und Errungenschaften im Verlauf des Lebens des Betroffenen. Sollte dies alles glaubhaft sein? Sie stießen Mathilde ab, interessierten sie nicht. Einer schickte eine Ansichtskarte von Berlin, ergänzte aber, er wohne gar nicht in der Hauptstadt. Was sollte das? Hatte er nichts anderes zur Hand? Schien ihm eventuell der reduzierte Platz zum Schreiben gerade angemessen für eine kurze Notiz, um nicht als wortkarg oder fantasielos zu gelten? Ein anderer spickte seinen zwei Seiten langen maschinengetippten Brief mit Zitaten verschiedenartiger Autoren. Wozu? Um die Leserin mit seinem Allgemeinwissen zu beeindrucken? Fehlanzeige bei Mathilde!

Heutzutage ist allen Arbeitsuchenden bewusst, dass sie sich für jede Stellenanzeige separat vorbereiten müssen, dass ein allgemeines, vervielfältigtes Schreiben nicht zum ersehnten Erfolg führt. Man muss Stellung nehmen zu jedem einzelnen Inserat, zu jeder einzelnen Firma. Die meisten Briefe, die Mathilde erreichten, bewiesen, dass solch eine Erkenntnis nicht vorhanden war. Diese Schreiber, die sich selber als hochkarätig priesen, waren es somit keineswegs. Bei einer Stellenausschreibung wären sie leer ausgegangen, ebenso taten sie es bei Mathilde. Sie konnte zwar die Verzweiflung der Suchenden verstehen, vielleicht würde sie sie eines Tages ebenso befallen, aber so weit war sie noch nicht.

Den Höhepunkt bildete dann der Brief einer Mitinserentin. Eine Warnung vor einem Herrn, der ständig

Frauen anschriebe, aber nur Unwahrheiten verbreite und obendrein mit seiner Ehefrau zusammenlebe. Die zweite Seite enthielt sogar ein vermeintliches Bild des Mannes. Mathilde wusste natürlich, dass sie sich in Acht nehmen, vorsichtig vorgehen musste, nicht leichtgläubig Vertrauen in Wahnbilder setzen durfte, aber diesbezüglich einen Hinweis von einer Frau zu erhalten, erschien ihr schon perfide. Die Verfasserin gefiel sich wohl in der Rolle der Polizistin, der Expertin, der Sittenwahrerin, die mit erhobenem Finger auf den Nestbeschmutzer deutete. Dieser Brief verwirrte und verängstigte Mathilde mehr als die harmlosen Schreiben, die sie bis dato erhalten hatte. Wieso las diese Intrigantin die Inserate ihr unbekannter Frauen und machte sich obendrein die Mühe, ihnen diese verschrobene Nachricht zu übermitteln? Aus purem Altruismus? Daran konnte Mathilde wahrlich nicht glauben. Oder wollte sie Konkurrentinnen auf diese Weise verscheuchen? Mathilde wurde das Motiv nicht ganz klar.

Von all den Antwortenden schien ihr nur einer aussichtsvoll. Sie erwiderte ihn unter ihrem ungebräuchlichen zweiten Vornamen und einer neu geschaffenen Emailadresse. Obwohl er seine vollständige Adresse mit Telefonnummer angegeben hatte, verharrte er auf das Mailschreiben. Dabei blieb es eine Weile, bis er endlich ein Telefongespräch vorschlug. Mathilde merkte, dass er es war, der die Zügel in die Hand genommen hatte, obwohl sie ja die Inserentin war. Vertauschte Rollen. Es ärgerte sie ein wenig, andrerseits passte seine Vorgehensweise zu seinem Lebenslauf als Manager, als Menschenlenker. Obendrein bewies sie, dass er Erfahrungen auf der Inseratsdomäne gemacht, sogar dass er wohl durch zu schnelles Handeln einen Misserfolg erlebt hatte. Er gestand, er sei bereits vor acht Jahren verwitwet. Wie viele Bekanntschaften hatte er seitdem schon geknüpft? Wie viele davon hatten eine Zeit lang gehalten und waren dann in die Brüche gegangen? Aus ihm hallte es: Vorsicht ist die Mutter der Porzellankiste! Also befolgte Mathilde seine Anweisungen, hielt sich an seine Spielregeln!

Dabei hatte sie sich anfänglich selber auf die Schulter geklopft. Sie fand ihre Antwortschreiben nicht nur klug verfasst, sondern facettenreich: Einerseits ging sie empathisch auf seine Schilderungen ein, andrerseits zeigte sie eine gewisse Kompetenz auf seinem Fachgebiet. Sie wollte ihn beeindrucken, ein mühsames Unterfangen mit diesem misstrauischen, argwöhnischen Menschen. Sie war davon überzeugt, es würde sich lohnen.

Das erste Treffen fand statt. In einem schicken Café. Am verschmitzten Lächeln des Kellners erkannte Mathilde, was er seinerseits sofort erkannt hatte: Dass es sich bei diesen älteren Herrschaften um die erste Begegnung zweier Unbekannter handelte. Es war Mathilde ein wenig peinlich, aber nicht mehr zu ändern. Anselm hatte ihr – an diesem äußerst heißen Tag – einen herrlichen Blumenstrauß zur Begrüßung mitgebracht. Sie, gerührt. Um seine Nervosität zu übertünchen, erzählte er unentwegt aus seinem Leben, seinem Werdegang. Er erschien ihr ehrlich zu sein. Schließlich stellte sie ihm die eine Frage, die ihr auf den Lippen brannte: *„Wie lange suchst du schon eine Partnerin? Wie ist es gelaufen?"* Auch ihn hatten die Kinder angestochen. Er solle nicht alleine bleiben. Sie hatten ihn sogar auf eine einschlägige Partnerschaftsseite im Internet aufmerksam gemacht. Die erste Dame habe ihn mästen, ihm ihre Kochkünste vorführen wollen. Das fand er überhaupt nicht prickelnd. Er koche für sich – zwar einfach – selber. Was er kochen würde, fragte Mathilde neugierig. *„Vor allem Nudeln. Die gehen so einfach. Dann ein Ei in die Pfanne, ein wenig tiefgekühlten Spinat dazu. Fertig."* *„Immerzu Nudeln?"*, erwiderte Mathilde erstaunt. Denn er besaß eine schlanke, drahtige Figur. Sie hatte schon gelesen, dass der Deutsche immer weniger Kartoffeln esse, das ehemalige deutsche Standardgemüse, denn das Schälen bereite zu viel Arbeit. Das Kochen muss heutzutage schnell von der Hand gehen; am besten eignen sich dazu die Dickmacher Fertiggerichte. Denen ging er zumindest aus dem Wege. Aber die „Köchin" war von ihm besessen, verfolgte ihn, entfaltete sich zu einer lästigen Stalkerin, wie er sich ausdrückte. Mathilde fielen die Frauen ein, die sich bei ihren letzten Gruppenfahrten auf die wenigen allein reisenden Männer stürzten. Sie entwickelten sich zu blutrünstigen Hyänen, verteidigten aufs Härteste erobertes Gebiet vor den Konkurrentinnen, ließen nicht von ihrem Opfer ab, das einerseits geschmeichelt und andrerseits langsam zu merken begann, in welche Falle, in welche Löwengrube es getappt war und welche enormen Schwierigkeiten ein Befreiungskampf bedeutete. Diese Frauen trieb die Verzweiflung der Einsamkeit, der eiserne Wille, ihr zu entkommen. Jedweder Mann, unabhängig von seinem Aussehen oder seinen versteckten Charaktereigenschaften, war einen Versuch wert, auch wenn die Dauerhaftigkeit einer Beziehung von vornherein in Frage gestellt war. Sollte Mathildes Beobachtung gerade die ältere Generation als die mit den schlimmsten Stalkerinnen brandmarken? Sie meinte schon!

Anselm wurde besagte Dame so unerträglich, dass er seine Telefonnummer sperren lassen wollte. Irgendwann war der Spuk dann vorbei und er startete nach diesem Reinfall den zweiten Anlauf: Eine Rumänin empfing ihn in ihrer stattlichen Villa mit gepflegtem Garten. Sie tranken gediegen einen exzellenten Tee, dazu gab es feines Gebäck. Die Überraschung trat erst am folgenden Tage zum Vorschein: Er erhielt einen Anruf von seiner Bank, ob er tatsächlich einen Kauf über eintausend Euro getätigt hätte. Dem war nicht so. Ja, der Angestellte könne ihn direkt mit der Polizei verbinden, denn das sollte man melden. Als aber der angebliche Polizist alle seine persönlichen Daten verlangte, da wurde Anselm hellhörig. Etwas stimmte hier eindeutig nicht und er legte auf. Was war aber geschehen? Er begab sich auf das Revier, wo ihm die Zusammenhänge erläutert wurden: Es war anzunehmen, dass die Dame einem Kreis angehörte, der sich auf Datenklau spezialisiert hatte. Sogleich fiel ihm sein Fehler ein: Er hatte sein Jackett, in dessen Innentasche sich seine Brieftasche inklusive seiner EC-Karte befand, an der

Garderobe im Hause der Rumänin aufgehängt gelassen, während er voller Vertrauen und Naivität das Bad aufsuchte. Dieses kurze Intervall hatte die Dame wohl genutzt, um die Karte abzufotografieren und anschließend an ihre Bande weiterzuleiten. Verständlich, dass ihn auf unbestimmte Zeit der Mut zu weiteren dubiosen Begegnungen verlassen hatte.

Im Laufe des Nachmittags mit Mathilde korrigierte er von sich aus eine Lüge, die in der Annoncenwelt stark verbreitet zu sein scheint: Seine Altersangabe. Er war Mathilde auf den ersten Blick bereits älter als von ihm selber angegeben vorgekommen, aber nun offenbarte er ihr einen Altersunterschied von einem Jahrzehnt! Diese Differenz war sie von ihrem verstorbenen Ehegatten gewohnt gewesen, aber jetzt suchte sie nach jemandem, der sie noch einige Jahre begleiten könnte. Das würde ein schwieriges Unterfangen werden. Vor allem, da er gravierende Gedächtnislücken bei seinen Erzählungen offenlegte. Er kam nicht auf den Namen eines Musikers, dessen Werke ihn doch so begeisterten, auf den Namen eines sehr bekannten Dichters usw. Jedes Mal half ihm Mathilde auf die Sprünge. Nicht, dass sie selber nicht manchmal verzweifelt nach einem Begriff suchte, der ihr dann Stunden später einfiel. Aber so gehäuft wie bei Anselm traten diese Blackouts bei ihr noch nicht auf. Sollten sie ein Anzeichen für eine aufkommende Demenz darstellen? Sie bangte ein wenig. Sie hatte bei Bekannten, die zeitlebens tüchtig und geistig aktiv gewesen waren, das Auftreten dieser Krankheit wahrgenommen, sobald die Betroffenen über einen längeren Zeitraum alleine gelebt hatten. Die Solitüde, die Vereinsamung, als Grund für einen geistigen Abbau. Als sie später gemeinsam vor dem Fahrkartenautomaten standen, tippte Mathilde rasch auf die Tastatur, während er noch auf der Suche nach der richtigen Eingabe war. Sie fragte sich, ob sie eine intensivere Beziehung zu ihm aufbauen oder ihn lieber gleich fallen lassen sollte.

Sein Alter konnte man leicht an einem weiteren Verhaltensmodus ablesen: Er bezahlte im Café und später in der Gaststätte für alle beide. Hierbei war er dermaßen flink, dass Mathilde sich nicht zur Wehr setzen konnte. Und noch etwas passte dazu: Mit dem Trinkgeld war er geizig. Alte Schule halt! Das übersah sie gerne bei seiner sonstigen Großzügigkeit. Einige Tage lang schickten sie sich noch liebenswürdige Mails, dann erlosch plötzlich der Fluss. Mathilde war verunsichert. Sollte sie, die nicht mit dem Schreiben an der Reihe war, nachfragen, ob ihm etwas zugestoßen sei? Das Phantom des Stalkertums lag in der Luft: Wenn er sich nun von ihr verfolgt fühlte? Den Eindruck wollte sie auf keinen Fall heraufbeschwören. Vielleicht war ihm tatsächlich ein Unfall passiert, vielleicht lag er im Krankenhaus. Oder hatte er ein Rendezvous mit einer anderen vereinbart? Oder sollte es so sein, dass alles vorbei war, ehe es überhaupt richtig begonnen hatte? Also wieder Anzeigen lesen, Antwortschreiben erstellen, warten, vielleicht hin und wieder eine Begegnung haben, voller Hoffnung, dann wiederum enttäuscht sein. Bis sie sich eines Tages mit dem Alleinsein abgefunden, sich mit der Tristesse arrangiert haben würde. Vielleicht einfacher als sich auf Enttäuschungen einzustellen.

Erst mal aber durchsuchte sie die bereits ad acta gelegten Briefe. Mit etwas Glück fände sich unter ihnen doch noch ein brauchbares Schreiben. Zweite Wahl sozusagen... Und tatsächlich! In dem einen fand ein prägnanter Ausdruck aus ihrem Inserat ganz kurz Erwähnung. Immerhin etwas, ein Lichtschimmer! Seit der Veröffentlichung ihrer Annonce waren inzwischen bereits vier Wochen vergangen. Peinlich, so verspätet zu antworten! Ihr Mut fruchtete aber. Sie erhielt Antwort und sogleich die Aufforderung zum Telefonieren. Jeder Mensch ist halt anders gelagert! Seine ersten Sätze wie eine eiskalte Dusche auf Mathildes Kopf! Er habe nach der Scheidung, die schon lange zurückläge, sein Haus verkauft, und ob sie selber mit ihrem Mann auch gebaut hätte. Mathilde verdutzt! Was bedeutete diese Frage? War er etwa obdachlos? Suchte er nach einer Frau, die ihn beherbergen sollte? Oh, welche Überraschungen dieses Internet doch beinhalten konnte! Ihren finanziellen Status wollte sie an Unbekannte nicht preisgeben, ohnehin nicht bei der ersten Begegnung! Aber was blieb ihr anderes übrig als zu gestehen, dass sie zwei Jahre zuvor das gemeinsame Heim verkauft hatten und aufgrund von Emils Krankheitszustand in eine flache rollstuhlgerechte Wohnung gezogen waren? Er akzeptierte zähneknirschend, wie es Mathilde vorkam, und gab anschließend den Stadtteil bekannt, in dem er in derselben Stadt wie sie lebte, eine für einen Single angemessene Gegend. Als Mathilde ihrerseits ihr Gebiet angab, keinesfalls die erste Adresse in der Stadt, merkte sie förmlich durch das Telefon hindurch, wie er die Nase rümpfte. Dann billigte er auch diese Tatsache, entschuldigte sie förmlich mit der Notwendigkeit einer angemessenen Wohnweise ohne Treppen mit einem Behinderten. Begeistert schien er nicht. Bei dieser ersten Hürde war sie also mit einem blauen Auge davongekommen. Er fragte nicht nach ihrer Ausbildung, nach ihrem Bildungsstand. Er selber hatte sich im Brief an Mathilde in den rosigsten Farben geschildert, der perfekte, zu jeder Frau passende Typ, sodass Mathilde in ihrer Antwortmail sogar ironisch darauf eingegangen war! Hatte er diesen Tonfall nicht bemerkt? Oder wollte er ihn überhaupt nicht wahrnehmen, da er dermaßen von sich selber eingenommen war? Er schlug ein Treffen vor. Da Mathilde für zehn Tage verreisen würde, verlangte, ja, tatsächlich „verlangte", er, sie solle doch nicht vollkommen verstummen, sondern zwischendurch Fotos usw. per WhatsApp senden. *„Schon wieder ist es der Mann, der den Kurs angibt!"*, stöhnte Mathilde vor sich hin. *„Aber na ja, in der Altersgruppe, in der ich mich befinde, kann ich nichts anderes erwarten und muss mich fügen. Ich war es mein Leben lang eh so gewöhnt!"*

Bereits am ersten Abend erhielt sie eine Nachricht von Daniel: Ein Bild aus dem Internet hochgeladen, eine Hand voller Sterne am blauen Himmel, sein Gute-Nacht-Wunsch hinzugefügt. So etwas war gar nicht ihr Ding! Ganz im

Gegenteil: Sie hasste solche banalen, kreativlosen, Nullachtfünfzehn-Handlungsweisen. Was sagten sie über ihn aus? Welche Zusatzinformation erhielt sie über seine Allgemeinbildung, seine Vorlieben, seinen Charakter? Nichtssagend. Sie hingegen versuchte es auf ihre Weise, schickte Fotos der Stadt mit aussagekräftigen Kommentaren. Er sollte merken, dass sie reflektierte. Der von ihr beabsichtigte Erfolg blieb aus: Es gelang ihr nicht, ihn dazu zu bewegen, aus sich herauszugehen; er blieb hauptsächlich bei Bildchen aus dem Netz. Würde er die zweite Enttäuschung in ihrer Sammlung sein?

Nach ihrer Rückkehr von der Kurzreise schlug er an einem Freitagabend ein Treffen für den Samstag vor. Trotz der unvermittelten Ansage willigte Mathilde ein, denn die geplante Wanderung für den folgenden Tag wurde aufgrund schlechten Wetters kurzfristig abgesagt. Er bestimmte das Café so wie den Zeitpunkt: 14 Uhr. Also aß sie zu Mittag und stellte sich auf Kaffee und Kuchen ein. Sie konnte seinen Vorschlag kaum fassen: *„Ich habe mir gedacht, wir bestellen eine große Flasche Wasser! Magst du auch mit Sprudel?"*, offenbarte er ihr. Vollkommen überrascht, mit dem Gefühl total übergangen zu werden und zugleich mit dem eisernen Willen zu einer Übereinstimmung und Verständigung mit diesem unbekannten Wesen, sagte sie zu. Im Endeffekt würden sie zwei ganze Stunden an einer Flasche Wasser gehangen haben! Mathilde war bereit, einiges einzustecken. Sie war bereit zum Verzicht und zum Geben, solange sie vom Gegenüber etwas Zufriedenstellendes erhielt. Das sollte sich noch herausstellen. Erst mal beobachten und abwarten, das war ihr Motto. Er sprach viel von sich, spielte anfangs nervös mit den Händen, bis er sich beruhigte. Obwohl er sie auch nach ihrem Lebenslauf fragte, dauerte es nicht lange, bis er sie bereits unterbrochen hatte, um selber weiter zu erzählen. Das Wohnen, das aufgegebene Haus, kam nochmals zur Sprache. *„Wieso immer wieder dieses Thema?"*, fragte sich Mathilde irritiert. *„Was steckt bei ihm dahinter? Möchte er bei einer Frau* *einziehen?"* Er erwähnte das Kochen. Er könne ja zu ihr kommen und in ihrer Küche etwas zubereiten. Sie ließ das Angebot im Raume stehen. Um 16 Uhr rief er den Kellner, zahlte und verabschiedete sich mit Küsschen auf die Wange. Mathilde empfand den Abschied als barsch, fast unhöflich. Sie hatte sich auf eine längere Begegnung eingestellt.

In den folgenden Tagen telefonierten sie hin und wieder. Dann kam seine Aufforderung, zu ihr zum Kochen zu erscheinen. *„Das ist mir zu früh!"*, meinte Mathilde. *„Wieso? Du hast doch neulich zugesagt!"* *„Ja, für irgendwann in der Zukunft, wenn wir uns etwas besser kennen!"* *„Was hast du denn? Es fehlt dir wohl an Selbstvertrauen!"* Das war ein mieser, niederer Angriff. Sollte sie sich vor ihm rechtfertigen? *„Das ist ja eine Unverschämtheit!"*, sagte sie sich. Und dann seine Erläuterung: *„Weißt du, ich möchte gerne mit meiner Partnerin die Wochenenden verbringen, chillen, gemütlich beieinander sein."* *„Aha! Was ich gerne machen würde, danach fragt er nicht, interessiert ihn nicht im Geringsten, ist ihm völlig egal! Es geht nur um ihn selber, was er braucht, was er vom Leben, von einer Partnerschaft erwartet!"*, empörte sich Mathilde innerlich. Sie merkte ihm seine Wut an, wie böse er wurde! *„Jetzt hat er sein wahres Ich zu erkennen gegeben: Er ist egoistisch, egozentrisch, gar narzisstisch und obendrein dominant!"*, merkte Mathilde auf. *„So einen kann ich nicht gebrauchen. Und ihm passt es gar nicht, dass man rebelliert, sich nicht seinen Vorstellungen fügt. Es gibt bestimmt verzweifelte Frauen, einsame Wesen, die sich mit so einem Egoisten zufriedengeben, besser dieser als gar keiner, Hauptsache ein Mann an der Seite! Das Herz, die Gefühle, die Verständigung spielen alle keine Rolle! Nicht mein Fall! Erledigt! Für beide Seiten!"*

Als Mathilde ihrer Freundin Elisabeth den Stand der Dinge, also ihre bisherigen Misserfolge mitteilte, forderte diese sie eindringlich auf, ein bestimmtes Partnerschaftsunternehmen zu kontaktieren, über welches ein Freund die ideale Partnerin gefunden habe, mit der er seitdem überaus glücklich zusammenlebe. Also schaute sich Mathilde die aufwändig gestaltete Webpage genau an: Sie priesen ihre professionelle Vorgehensweise, in der Psychologen ausführliche Gespräche mit den Suchenden führten, um ein Gelingen zu garantieren. Am gleichen Tag fand sie eine Annonce dieser Firma in ihrer Tageszeitung, in der sie selber inserierte. Im Endeffekt also mussten diese Spezialisten auf Mathildes Taktik zurückgreifen, genauso wie sie in den öffentlichen Medien annoncieren! Ein Armutszeugnis in Mathildes Augen! Dazu würde sie dieses Unternehmen nicht benötigen! Dennoch begutachtete Mathilde die Anzeigen, die die Firma auf der eigenen Webseite publizierte, von der sie behauptete, sie allwöchentlich zu aktualisieren. Und was entdeckte sie? Ein Herr wünschte sich zu seinem Geburtstag am 23. Juli 2021 die ideale Frau an seiner Seite. Aber man schrieb den 31. Juli 2022! Von wegen Aktualisierung der Anzeigen! Ganz im Gegenteil: Sie werden beibehalten, um eventuelle Interessenten anzulocken. Das war schon der zweite negative Eindruck! Aber nichtsdestotrotz entschloss sich Mathilde, die angegebene Telefonnummer – sogar sonntags ganztägig besetzt! – anzuwählen. Der Herr der Agentur machte sofort die Anzeigen in den herkömmlichen Medien zunichte: *„Dort beschönigen alle ihr Alter! Geben Sie bitte nichts auf die Beschreibungen! Auch die Sträflinge versuchen auf diese Weise an eine mitfühlende Dame zu gelangen oder die älteren Herrschaften versprechen sich eine kostenlose Pflegerin für die kommenden Jahre.“* Dass Häftlinge sich der Annoncen bedienen würden, auf den Gedanken wäre Mathilde nie gekommen. Alles Mögliche hatte sie befürchtet, aber nicht ein Zusammentreffen mit einem entlassenen Dieb oder Mörder. Der Herr schlug ihr einen Termin für ein weiterführendes Gespräch mit einer Kollegin vor, aber Mathilde erkundigte sich vorsichtig nach den Kosten, denn diese waren auf der Plattform nicht angegeben, d. h. nur sibyllinisch umschrieben... Sie fiel fast in Ohnmacht, als der Herr ihr die horrende Summe von 12.000,- Euro nun endlich offen gestand und ohne

Umschweife hinzufügte, diese berechtige zur Aufnahme in deren Kartei. Ob dies bedeutete, dass im Nachhinein noch weitere Zahlungen in Anspruch genommen werden sollten, das erfragte Mathilde nicht. Sie erwiderte nur, das würde sie nicht zahlen. *„Dann ist es hiermit erledigt"*, bekam sie unversehens als Antwort zu hören und der Herr legte auf! Kein mildernder Satz, keine offene Tür, falls sie doch ihre Meinung ändern sollte, sie wurde fallengelassen wie eine heiße Kartoffel. Sie empfand diesen Abschluss noch schlimmer als die geforderte Summe als solche. Der Herr hatte sich namentlich als Leiter der Organisation, als seit 30 Jahren ihr zugehörig vorgestellt. *„Oh Gott!"*, dachte Mathilde für sich, *„wo bleibt denn hier die im Text gepriesene Psychologie? Wenn er alle Menschen so abschmettert, dann nichts wie fort von dieser Firma!"*

Sie überlegte, ob sie eventuell als Antwortende auf eine Annonce einer Partnerschaftsfirma überhaupt nicht zur Kasse gebeten würde oder einen kleineren Betrag leisten müsste. Also griff sie wieder zum Telefon. Eine andere Agentur hatte diesmal sogar zwei Anzeigen in ihrer Zeitung platziert. Als sie auf diese Bezug nahm, erklärte ihr die Dame, man würde vorerst mit ihr Gespräche führen, um sie in die Kundenkartei aufzunehmen. Damit seien Kosten verbunden, gestand sie ihr unverblümt. Sie betrugen in diesem Falle nur 8.000,- Euro, ebenfalls zu viel für die enttäuschte Mathilde. Obwohl auch hier die Unterhaltung somit ein Ende gefunden hatte, wünschte ihr die Angestellte viel Erfolg bei der weiteren Suche. Mathilde wurde nicht abgeschmettert wie vom Herrn der ersten Agentur. Es war ihr immerhin klar, dass die Firmen ihre Annoncen in der Zeitung zum Anlocken der Klientel benutzten. Ob die ausgewiesenen Suchenden tatsächlich existierten, sei dahingestellt.

Nach so vielen Niederlagen entschloss sich Mathilde, eine neue Annonce in die Zeitung zu setzen. Dieses Mal ging alles flotter, reibungsloser vonstatten. Die Tat als solche bedeutete einen Befreiungsschlag von Daniel. Denn seine Zurückweisung – als solche empfand sie Mathilde – schmerzte und kränkte sie, traf ihr Selbstwertgefühl. Was bildete er sich ein? Was wusste er über sie? Ihr zweiter Akt bestand darin, Eliane einen Besuch abzustatten, jener Freundin, die bereits erfolgreich einen Partner über Annonce gefunden hatte. Eliane freute sich sichtlich, mit einer Leidensgenossin, denn letztendlich erlebte auch sie Pannen, in Austausch zu geraten. Mit ihrem Anton hatte sie vier wunderschöne, harmonische Monate auf Mallorca verbracht, aber nun schienen sie sich nicht entscheiden zu können: Von seiner kleinen Ortschaft wollte er genauso wenig wegziehen wie Eliane aus der Großstadt. Jeder hing an dem Eigenen. Verständlich. Alte Bäume sollte man nicht verpflanzen. Deswegen suche sie weiter, schalte Annoncen, träfe sich mit Männern, manche lustig, manche skurril, einige, denen der Altersunterschied nichts ausmache, jünger als sie; derweil müsse sie sogar Obacht geben, dass Anton nicht zufällig ein Telefonat mitbekomme. Alles in allem ein aufregendes Dasein! Mathilde perplex! *„Wie kannst du das durchstehen? Nimmt es dich emotional nicht zu sehr mit? Vielleicht habe ich mir die beiden Male zu große Illusionen gemacht, vielleicht werde ich mit der Zeit cooler!" „Ja, ich habe mich schon vor ca. zwei Jahren auf die Suche gemacht." „Du hast wahnsinnig viele Erfahrungen gemacht. Erzähl mal ein wenig." „Im Grunde genommen sind es inzwischen mehrere Männer, mit denen ich mich gelegentlich treffe. Ich muss aber gestehen, dass ich mich bei Anton am wohlsten fühle. Wir passen halt gut zusammen. Und eins möchte ich dir sagen: Sei vorsichtig! Mein Sohn warnt mich, ich solle meine Adresse nicht preisgeben. Man könne nie wissen, was in den Köpfen vor sich geht. Aber nein, bis jetzt war ich, toi, toi, toi, noch keinen wahren Gefahren ausgesetzt, verliefen die Begegnungen eigentlich harmlos." „Und wie handhabst du es? Antwortest du auf Anzeigen oder wartest du immer darauf, dass die Herrschaften auf deine reagieren?" „Nein, ich konzentriere mich auf meine eigenen Annoncen. Da ich schon seit zwei Jahren welche aufgebe,* *bekomme ich immer wieder mal ein Antwortschreiben, das ich bereits kenne! Kannst du dir das vorstellen? Die geben sich keine Mühe: Einfach eine neue Kopie und zack ins Kuvert! Ich lache mich kaputt! Aber sie hören ja mein Lachen nicht!" „Und jeder Tag, der vergeht, der zählt, und zwar gegen uns! Wir werden älter und älter, und wenn es nicht bald klappt, ist es vorbei. Oder willst du z. B. mit achtzig noch auf die Jagd gehen? Eines Tages werden uns die Kräfte für diese Aktion fehlen. Um mich herum sehe ich ja Frauen, die bestimmt auf die eine oder andere Art versucht haben, jemanden zu finden, und irgendwann mal aufgegeben haben. Also dran bleiben!" „Wenn es dich interessiert, Mathilde, erzähle ich dir, wie alles mit Helmut begann, einer der ersten Herren, mit denen ich mich getroffen habe. Er war mir eine Lehre! Und er soll dir ebenfalls als eine solche gelten, als Warnung davor, dich emotional zu sehr auf einen Unbekannten einzulassen. Damit du nicht den gleichen Fehler begehst wie ich. Damit du nicht die Schmerzen empfinden musst, die mich befielen." „Aber selbstverständlich! Ich brenne darauf, die Einzelheiten zu erfahren!"*

„Auf meine Anzeige hin schrieb er entzückend, z. B., dass er eine „einzige" Frau an seiner Seite suche. Er kam mir sofort vollkommen ehrlich vor. In seiner Mailadresse stand sein Nachname, in der Unterschrift sein Vorname, also googelte ich und entdeckte ihn mit vollständiger Adresse, Jahrgang und sogar mit Foto! Ein Jurist. Damit fand ich meinen ersten Eindruck bezüglich seiner Wahrhaftigkeit bestätigt. Ich antwortete ihm daraufhin und prompt folgte seine Einladung zum Telefonat. Du siehst, während die einen für das langsame Vortasten einstehen, stürzen sich andere Hals über Kopf in die Fluten. Am nächsten Morgen rief ich ihn von meiner Festnetznummer aus an. Seine Stimme fand ich ebenso sympathisch wie bereits sein Gesicht auf dem im Internet erhaschten Foto und siehe da, er schlug gleich ein Treffen vor. Wir vereinbarten Tag und Zeitpunkt. Er würde mich zu einem Spaziergang abholen. Tja, und das bedeutete,

dass ich ihm sowohl meine Adresse wie meinen Nachnamen geben musste. Ich schluckte erst mal. Dann gab ich tatsächlich alles preis. Einfach so. Und dachte dennoch: Was machst du denn da? Du wolltest und solltest doch vorsichtig sein! Die anderen Herrschaften haben sich mit einem Pseudonym zufriedengeben müssen und haben nie meine Adresse, geschweige denn meinen Nachnamen erfahren! Und jetzt gibst du das Versteckspiel ohne weiteres auf? Sogar vor der allerersten Zusammenkunft? Wieso eigentlich? Erst später wurde mir klar, dass er mit seinem charmanten Wesen jeden, vor allem jede Frau, rumkriegt. Diese Eigenschaft sollte mir zum Verhängnis werden. Aber davon später. Er klingelte also bei mir und stand mit einem riesigen Blumenstrauß vor meiner Tür. Man kann doch einen Menschen mit solch einer Blumenpracht nicht im Hausflur stehen lassen! Also bat ich ihn in meine Wohnung herein! Wieder verstand ich mich selber nicht! Einen vollkommen fremden Mann bittest du, ja, forderst du direkt auf, in dein Reich einzutreten! Aber er blieb ganz korrekt in meiner Diele stehen, während ich eine Vase herbeischaffte und die Blumen hineinstellte. Er hatte noch kein Foto von mir gesehen. Ich merkte, dass er positiv überrascht war, dass ich ihm gefiel. Kannst du dir vorstellen, welches Risiko er eingegangen war, einer Dame zu begegnen, die krumm und hässlich hätte sein können? Dieses Verhalten wiederum zeigte mir seine Selbstsicherheit. Sein Instinkt hatte ihm schon angezeigt: Diese Frau ist in Ordnung. Und was machte ich danach? Ich brachte die Blumenvase ins Wohnzimmer und bedrängte ihn, mir zu folgen: „Da du nun einmal da bist, dann sollst du zumindest einen Blick ins Wohnzimmer werfen." Schon wieder solch eine große Dummheit!, dachte ich für mich. Er folgte mir gehorsam, lobte die Einrichtung und wir verließen die Wohnung. Es war alles gut gegangen, kein Überfall, keine Vergewaltigung! Als ich im Auto neben ihm saß, platzte es aus mir heraus: „Was denkst du nun von mir? Dass ich mit jedem Unbekannten einfach so in den Wagen steige?" Er beruhigte mich, aber ich war mit mir *selber nicht zufrieden. Wir gingen spazieren und diese Ausflüge wiederholten sich einige Male in den folgenden Wochen. Wir gefielen uns gegenseitig. Das war unbestreitbar. Aber ich litt. Denn er erzählte mir von seinen Begegnungen, ja, mit Damen. Die eine verköstigte ihn auf einem Berggipfel mit Champagner, denn sie feierte ihren Geburtstag. Anschließend lud sie ihn zum Abendessen ein, das er aber ablehnte. Dann war da ein anderer Vorfall, bei dem eine Dame in einem Wirtshaus mit ihm ins Gespräch kam und ihm zum Abschied ihre Telefonnummer überreichte. Ich kann dir sagen, ich war verärgert. Ich konnte diese Geschichten nicht ertragen. In jungen Jahren hatte ich mal einen sehr gut aussehenden Jüngling als Freund gehabt. Es ging eine Weile gut, bis er eines Tages mir nichts, dir nichts, mit einer neuen Freundin am Arm zu einem Gruppentreffen erschien. Er hatte wohlgemerkt vorher keineswegs mit mir Schluss gemacht. Gott bewahre! Er stellte mich wortlos vor vollendete Tatsachen. Ich wusste natürlich nicht, wohin mit mir selber, und gelobte, mich nie wieder mit einem äußerlich attraktiven Mann einzulassen. Ab dem Zeitpunkt scherte ich mich nicht mehr um das Aussehen eines Mannes, sodass ich die Lobeshymnen anderer Frauen bezüglich der Schönheit ihrer Verehrer niemals nachvollziehen konnte. Wie mein Helmut als Jüngling aussah, davon habe ich keine Ahnung, da ich kein Foto von ihm gesehen habe. Sein Charme reicht aber aus, um uns Frauen um den kleinen Finger zu wickeln. Ich war heftig eifersüchtig und dann sagte ich mir wiederum, ich könne keine Ansprüche an ihn stellen. Wir befanden uns ja noch in der Kennlernphase. Er war frei, ich war frei. Wie stand es aber in Wahrheit um die in der Mail gepriesenen „einzigen" Frau? Sollte ich nun eine Freundin fürs Spazierengehen sein? Das war mir eindeutig zu wenig! Das hatte ich mit meiner Annonce nicht im Sinne gehabt! Meine Gedanken kreisten Tag und Nacht um ihn. Ich wurde ihn nicht mehr los! Ich dachte schon, er treibt mich in den Wahnsinn! Seine warmen Worte klangen in meinen Ohren: „Du bist wie ein Magnet, der mich anzieht. Ja, jetzt ist es raus.*

Jetzt weißt du es!" Danach blieb er einfach weg. Gab kein Lebenszeichen von sich. Es fühlte sich an wie ein kalter Ostwind. Total inkongruent. Obwohl ich eine Attitüde von ihm zu deuten gewusst hatte: Beim letzten Abschied blieb er anderthalb Meter von mir entfernt stehen, umarmte mich nicht, wie es sonst seine Art gewesen war, nein, er fixierte mich nur intensiv mit den Augen. Ich verstand, dass er sich mein Gesicht einprägen wollte, entweder nur so als Erinnerung oder vielleicht als Vergleich zu einer anderen, einer vorhandenen oder einer zukünftigen. Dieser war sein endgültiger Abschied. Sollte ich dagegen aufbegehren? Ich hatte mir geschworen, ihn nicht als erste anzurufen. Ich wollte nicht eine mehr sein, die ihm nachrennt, eine mehr in seiner Sammlung. Nein, zu der Sorte gehöre ich nicht. Andrerseits sagte ich mir: Man kann den Zug einfach vorbeifahren lassen, nichts unternehmen und man hat vielleicht sein Glück durch Nichtstun verpasst. Das galt natürlich genauso für ihn wie für mich. Man sagt sich dann einfach: Na ja, das war eh bestimmt nicht der richtige! Aber der Zweifel bleibt. Ich erinnere mich an die Aufforderung meines Bruders vor Jahren in einem ganz anderen Zusammenhang, dennoch aber ähnlich: Ich hatte ein Haus zum Kauf gefunden, das meinen Vorstellungen perfekt entsprach; der Verkäufer willigte einem Nachlass des Kaufpreises nicht ein, obwohl die Immobilie komplett renovierungsbedürftig war. Erzürnt wollte ich Abstand nehmen. Da empfahl mir mein Bruder in den sauren Apfel zu beißen und den angesetzten Kaufpreis zu zahlen. „Wenn dir diese Gelegenheit dermaßen zusagt, lass sie dir nicht entgehen. Du bist schon lange genug auf der Suche." Ich leistete seinem Rat Folge und siehe da, ich habe es nie bereut. Im Falle Helmut verharrte ich jedoch in Wartestellung. Dabei muss ich dir eins gestehen: Die Ansprüche, die ich zeitlebens an Bekanntschaften gestellt hatte, habe ich kurzerhand bei Helmut über Bord geworfen. Das glaubst du mir nicht? Aber doch! Ich stamme aus dem Bildungsbürgertum, mein Vater Dr. phil., meine Mutter Journalistin. Bei uns wurden nicht nur die

Nachrichten diskutiert, also politische und soziale Themen aufgegriffen, auch die Literatur, Theater, Musik waren ständig Gesprächsthema. Und mein Jurist? Keinerlei Bildung. Über das aktuelle Tagesgeschehen hinaus ging sein Interesse nicht. Er ließ sich aber ohne weiteres über ihn unbekannte Themen belehren; ihm fiel dabei kein Stein aus seiner Krone. Im Gegenteil: Er schien mit seinem Unwissen zu kokettieren. Er stamme ja aus einfachen Verhältnissen, was er schon in seiner Eingangsmail offenbart hatte. Er schämte sich keineswegs, war überaus stolz auf all das, was er im Leben als Selfmademan in puncto Ausbildung und Finanzen erreicht hatte. Inzwischen bin ich zur Meinung gelangt, dass er ein Narzisst ist, in sich selbst verliebt, da er so viel aufgrund des eigenen Ehrgeizes, des eigenen Egos geschafft hat. Er gibt zu verstehen: Das macht mir so leicht oder schnell keiner nach. Hier stehe ich, wie eh und je, gestützt auf meine eigenen zwei Beinen, nicht wie so viele andere durch Mama und/oder Papa in diese hohen Sphären katapultiert! Man muss ihm lassen, dass er stets wissbegierig und interessiert zuhörte. Und ich? Dazu erzogen, nur mit hoch gebildeten Menschen zu verkehren, ich duldete nicht allein seine Lücken, seine Löcher, ich verzieh sie ihm! Es war mir egal! Was brauchen wir in unserem Alter einen allwissenden Professor, wenn uns Wikipedia zur Verfügung steht? Sein einnehmendes Wesen war mir wichtig. Unwillkürlich dachte ich an Klaus und Verena: Während seine verstorbene Frau lebhaft, gesprächig und lustig gewesen war, so entpuppte sich Verena hingegen als ruhig, schüchtern und zurückhaltend. Man hätte denken müssen: Letztere passt überhaupt nicht zu Klaus. Aber nein! Sie leben nun schon drei Jahre lang Seite an Seite. Vielleicht ist gerade die Abwechslung das richtige. Kurzum: An Helmut vermisste ich die Kultur nicht, obwohl sie immer mein Auswahlkriterium Nummer eins gewesen ist. So kann man sich verändern. Oder ist es Genügsamkeit? Vielleicht kommen wir im Alter mit weniger aus. Sind zufriedener. Oder ist es einfach die Liebe, die das produziert? Zwei Monate lang trafen wir uns im Schnitt alle zehn Tage, dann, wie schon erwähnt, kein Ton von ihm. Ich stellte mir vor, er habe seine alte Flamme wiedergefunden, ich wäre sein Lückenbüßer gewesen, er brauche mich nicht mehr. Er warf mich einfach fort. Ohne ein Sterbenswörtchen! Ein erwachsener Mann, der sich verhielt schlimmer als ein Teenager! Feige bis zum geht nicht mehr! Gehört sich so eine Vorgehensweise für eine reife Person, ach was, für einen Senioren? Du kannst dir sicherlich ausmalen, wie enttäuscht ich war. In solch einer ungewöhnlichen Situation kommt man leicht auf abstruse Gedanken: Also, ich verstand urplötzlich, was so oft in Märchen vorkommt! Dort wird eine Hexe aufgesucht, die der Verliebten eine Mixtur braut, um den Geliebten an sich zu binden. Auch umgekehrt natürlich. Ich sehnte mir so ein Gebräu herbei! Ich wollte, komme, was wolle, einen Weg finden, ihn für mich zu gewinnen. Tja, aber woher nehmen? Ich begnügte mich also mit imaginären Gesprächen mit ihm. Ich malte mir eine letzte Aussprache aus, von der ich allerdings keine Erklärung für sein tonloses Verschwinden erwartete. Ich hatte mir ja dafür selber eine Deutung zusammengeschustert. Nein, er sollte mir ein Wörtchen sagen, ein einziges, damit ich zur Ruhe finden, mich von seinem Phantombild befreien, mich in die Freiheit retten, wieder in normale Bahnen zurück konnte! Kannst du dir vorstellen, welches ich brauchte? Ja, „Entschuldigung!" Nicht „Verzeihung", obwohl es fast den gleichen Gedanken beinhaltet. Der Unterschied war mir wichtig! Denn im ersteren steckt der Ausdruck „Schuld", also würde er damit seine Schuldhaftigkeit mir gegenüber anerkennen. Er hatte einen Frevel begangen, er hatte mich reingelegt, mich hintergangen. Seine zärtlichen Worte und noch zärtlicheren Umarmungen, nach denen ich mich täglich sehnte, waren unehrlich, Täuschungen gewesen. Ich brauchte Distanz von ihm, um nicht kaputt zu gehen, an ihm zu zerbrechen. Und kannst du dir vorstellen? Eines Nachts habe ich sogar von ihm geträumt, d. h. indirekt, das war zumindest meine Interpretation. Also, ich träumte, na ja, es war eher ein

Albtraum, dass ich von einem Chinesen in dessen Wohnung gefangen genommen wurde. Der Chinese war er. Ein fremdartiger Mensch, denn mein Helmut war mir entfremdet, und dennoch war ich seine Gefangene, vom seelischen Standpunkt aus. Als ich die Wohnung kurz verlassen durfte, weil er dachte, ich käme gleich zurück, schlüpfte ich in die untere Wohnung zu einem alten Bekannten, der mich mit den Worten aufnahm: „Das Bett habe ich doch gerade nach oben ausgeliehen." Sollte diese Bemerkung bedeuten, dass ich ja in Helmuts Bett gehörte? Vielleicht. Voller Angst, Helmut könne uns mit Waffengewalt angreifen, verweilte ich beim Nachbarn und dann wachte ich auf. Typisch, oder? Der wahre Ausgang blieb mir somit erspart. Du siehst, wie gefährlich Hingabe werden kann! Nur durch Treffen mit anderen Männern gelang es mir, Helmuts Erscheinung auszuradieren. Anton war derjenige, der, ohne es zu wissen, mir endgültig dazu verhalf. Ausschlaggebend war unser Aufenthalt auf Mallorca. Unsere Flitterwochen! Es war herrlich, harmonisch. Und jetzt kann auch er keine Entscheidung treffen! Gehört das Zögern, eine erhöhte Bedachtsamkeit, zum reifen Manne? Denn Staatsräson wie bei Titus spielt hier keine Rolle! Dieser Römer zog es vor, seine große Liebe, die jüdische Königin Berenike, im Stich zu lassen, da er die Kaiserkrone nur mit einer Römerin an seiner Seite tragen durfte. Die intensive Liebesbeziehung zwischen den beiden historischen Persönlichkeiten aus der Antike veranlasste unzählige Dichter und Komponisten zu bewegenden Werken um das Thema Liebe und den durch sie verursachten Kummer. Warum sollten wir heutzutage - obendrein normale Sterbliche - in puncto Leiden besser gestellt sein? Inzwischen bin ich zu dem Schluss gelangt, dass die heutigen Männer im Endeffekt schlicht und ergreifend alle Narzissten sind. Für mich die einzige plausible Erklärung, weshalb Anton nicht voll Dankbarkeit mit beiden Händen nach seinem Glück greift! Denn, weißt du, er versperrt sich! Ich gewinne den Eindruck, er verschließt sich, er nimmt alle zur Verfügung stehenden Schlüssel, dreht sie feste um, verbarrikadiert sich hinter der Tür, aus purer Angst ich könne dieses Hindernis überwinden und doch in sein vielleicht durch schlechte Erfahrungen inzwischen versteinertes Herz hinein dringen. „*Meine Liebe, ich bin sehr beeindruckt. Und ich werde aufpassen. Ob es mir gelingt, sei dahingestellt!*"

Durch dieses intensive Gespräch merkte Mathilde, dass man bei der Suche nach dem geeigneten Partner leicht in eine Spirale gerät, aus der man nicht mehr herauskommt. „*Verbissen verfolgt Eliane ihr Ziel. Schon seit zwei Jahren, das hat sie offen gestanden! Sie klammert sich an diese Hoffnung, doch noch irgendwann den richtigen Kompagnon zu finden. Es ist klar, dass sie leidet! Aber sie lässt nicht locker! Sie bleibt am Ball! Wird solch eine Suche zur Sucht? Kommt man nicht mehr davon weg? Ein wenig graut mir davor. Gleichzeitig widert es mich an! Ob das nachahmenswert ist? Eliane meinte auch, sie könne sich ein loses Verhältnis zu verschiedenen Männern für unterschiedliche Aktivitäten vorstellen. Alle guten Eigenschaften unter einem Hut, das müsse nicht unbedingt sein. Ist das die Lösung?*", fragte sich Mathilde erschüttert.

Dennoch wartete Mathilde sehnsüchtig auf die Antworten auf ihre zweite Annonce, die nicht gerade von Erfolg gekrönt war. Sie erhielt nur eine Handvoll Briefe, da sie die Auswahl von vornherein sehr eingeschränkt hatte: „*Nur Akademiker bitte!*" Sie wollte sich nicht mit Sachbearbeitern oder Handwerkern ohne jegliche Bildung herumschlagen. Das Resultat war äußerst mager. Dennoch erlebte sie Wiederholungstäter, u. a. Anselm, der ältere Herr, mit dem sie einige unterhaltsame Stunden verbracht hatte; er schrieb ihr fast die gleichen Zeilen nochmals wie beim ersten Mal, nur mit einigen Fehlern mehr. Hatte etwa in der kurzen Zeit seine Schusseligkeit zugenommen? Er tat ihr leid. Ewig suchend, mit nichts zufriedenzustellen? Warum hatte er so schnell aufgegeben, wenn er doch an seinem Ziel festhielt, eine Lebenspartnerin zu finden?

Ein weiterer Brief ließ sie erschaudern. Darin offenbarte der Schreiber seine ganze Wut: Er würde seinen Angehörigen nichts hinterlassen, denn sie hätten sich nicht um ihn gekümmert. Teilt man solche intimen Details einer Unbekannten mit? Oder handelte es sich um ein Lockmittel: *Schau, hier kannst du etwas erben, falls du bei mir bleibst. Es könnte sich für dich lohnen!* Den gleichen Missmut empfand er bezüglich der Handhabung des Handys. Ein nichtsnutziges Ding, das er – obwohl Physiker – noch nicht beherrschte. Mit solch einem verbitterten Menschen wollte Mathilde aber nichts zu tun haben. Sie suchte Fröhlichkeit, Offenheit, Verständigung und Verständnis füreinander.

Sie fand letztendlich eine ganz brauchbare Antwort und traf sich zwei Tage später mit Dirk zu einem Spaziergang bei herrlichem Sonnenschein und vor noch herrlicherer landschaftlicher Kulisse. Zwischendurch an einem Biergarten angekommen, holten sie sich an der Theke etwas zu trinken. Er bestellte sich ein Bier, bezahlte es und fragte Mathilde, ob sie auch ein Getränk möge. Es war ihr klar, dass er sie nicht einlud. Diese Verhaltensweise von einem gut situierten Herrn kränkte sie außerordentlich. Sie konnte ihre Enttäuschung wohl kaum verbergen. Nicht mal ein paar läppische Euro war sie ihm wert? *„Ich lerne die Welt kennen"*, sagte sie sich. *„Ein Schnellkurs in Männerseelen."* Vielleicht hatte er sogar ihre Gefühlslage bemerkt.

Auch er berichtete von seinen Erfahrungen mit Zeitungsannoncenbekanntschaften. Die eine hatte sein Interieur umbauen wollen: Eine Wand riss sie imaginär nieder, um eine moderne, offene Küche zu kreieren. *„Heutzutage kocht man doch vor oder gar mit den Gästen."* Sie übersah, dass Dirk nach vierzig Jahren sein Haus soeben vom Keller bis ins Dachgeschoss endlich komplett renoviert hatte. Nein, für ihn kam solch eine Veränderung nicht in Frage. Anmaßend fand er es, dass eine Unbekannte so forsch durchgriff. Die Kosten hätte selbstverständlich er tragen sollen. Die nächste verabschiedete sich nach einigen Stunden mit den Worten:

„Ach, nun kommt gleich mein Freund mich abholen. Bis zum nächsten Mal!" Dieses genehmigte ihr Dirk natürlich nicht. Welche Frechheit, sich bei einem Date vom Freund an der fremden Tür abholen zu lassen! Für Dirk fühlte es sich an wie eine Ohrfeige ins Gesicht. Solche Erlebnisse ließen den Enthusiasmus für Zeitungsannoncen schwinden, zumindest für eine gewisse Zeit, bis die Einsamkeit wieder zur Aktion antrieb. Nach dem Biergenuss gingen Mathilde und Dirk weiter. Plötzlich packte er sie kräftig an der Schulter, drückte sie gegen sich. Sie ließ ihn gewähren, staunte gleichzeitig über ihren Gesprächsstoff. Sie waren auf Afrika gestoßen, sodass sie erzählte: *„Als wir in Simbabwe waren, haben wir in einem See das Nebeneinander von Nilpferden und Krokodilen beobachtet. Erstere hatten ihren zarten Nachwuchs dabei und die gefährlichen Krokodile stellten sich schlafend. Die Mamas bewachten unauffällig, dennoch unaufhörlich ihre Kleinen. Es herrschte eine angespannte Atmosphäre, die in Sekundenschnelle umschlagen konnte. Die Krokodile warteten nur den einen Augenblick ab, in dem die Nilpferdmutter unachtsam wäre, um zuzupacken."* *„Im Grunde genommen genau wie jetzt"*, dachte Mathilde. *„Die Lage zwischen Dirk und mir ist ebenso geladen. Ich frage mich, warum er den Arm um meine Schulter legt: Weil er denkt, es gehöre sich bei einer Verabredung? Dass ich es vielleicht erwarte? Oder will er mir tatsächlich sein Gefallen an mir damit zum Ausdruck bringen?"* Und sie fuhr fort: *„Und weißt du, welches das gefährlichste Tier in der Savanne ist? Nicht etwa der Löwe, wie wir alle denken würden, nein, der Büffel. Das erwiderte uns zumindest ein Ranger. Bei der Verfolgung eines Büffels, da merkst du erst nach einer gewissen Zeit, dass du plötzlich zum Verfolgten mutiert hast, denn ein Teil der Herde hat sich unauffällig hinter dich gestellt. Du bist eingekesselt! Und komm da mal lebendig heraus!"* *„Noch so eine gruselige Geschichte von Verfolgung!"*, überlegte Mathilde. *„Ich spiegele in meinen Erzählungen meine jetzige Gefühlslage wider! Unglaublich!"* *„Tja, und da sind noch die Elefanten:*

Wir haben die in einer Siedlung erlebt. Sie bedienen sich an den Mülltonnen und hinterlassen ein irrsinniges Chaos. Man riet uns, uns von ihnen fernzuhalten, denn sie werden immens aggressiv." „*Soll das etwa eine Warnung an ihn sein? Drohe ich ihm, falls er zu mutig wird?*"

Nach zweihundert Metern gab er auf, er ließ Mathilde frei und begab sich ins Grüne, um einige Pflanzen aus der Nähe zu betrachten. Taktik, da ihm die Lage zu brenzlig wurde? Sie trafen sich danach zu weiteren Spaziergängen und dann, ja dann, trat Stille ein. Warum, weshalb, es war Mathilde ein Rätsel. Es schien ihr, dass die Männer im Handumdrehen die Richtige finden wollten, ihr aber nicht die Möglichkeit, d. h. ganz einfach die Zeit ließen, die Richtigkeit unter Beweis zu stellen. Und es schmerzte sie. Die Anhäufung von Misserfolgen stimmten sie traurig. Sah man es ihr vielleicht im Gesicht an? Wie lange würde sie derartige Begegnungen noch durchstehen? Wie schnell würde sie aufgeben wie so viele andere auch, sowohl Männer wie Frauen? Neidvoll beäugte sie Paare, jung oder alt, die mit einer vollkommenen Selbstverständlichkeit Händchen haltend nebeneinander hergingen, allem Anschein nach in voller Harmonie. Solch ein Stadium wollte sie unbedingt erlangen! Wie mühsam und steil würde ihr Weg sein? In diesem Spiel gebührte den Gefühlen der Selbstachtung, des Selbstwerts eine große Rolle. Sie wurden bei jeder Enttäuschung mit Füßen getreten; es war nicht einfach, sich davon zu erholen.